MATHIAS SANDORF

OUVRAGES DU MÊME AUTEUR

VOLUMES IN-8 ILLUSTRÉS.

LES VOYAGES EXTRAORDINAIRES

Couronnés par l'Académie française.

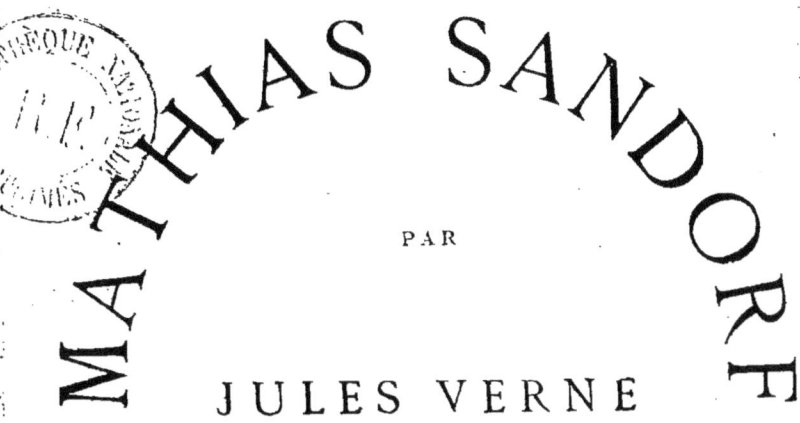

MATHIAS SANDORF

PAR

JULES VERNE

TOME DEUXIÈME

BIBLIOTHÈQUE
D'ÉDUCATION ET DE RÉCRÉATION

J. HETZEL ET Cie, 18, RUE JACOB

PARIS

MATHIAS SANDORF

DEUXIÈME PARTIE

(*Suite.*)

IV

L'arrivée du docteur Antékirtt avait fait grand bruit, non seulement à Raguse, mais aussi dans toute la province dalmate. Les journaux, après avoir annoncé l'arrivée de la goëlette au port de Gravosa, s'étaient jetés sur cette proie, qui promettait une série de chroniques affriolantes. Le propriétaire de la *Savarèna* ne pouvait donc échapper aux honneurs et en même temps aux inconvénients de la célébrité. Sa personnalité fut à l'ordre du jour. La légende s'en empara. On ignorait qui il était, d'où il venait, où il allait. Cela ne pouvait que piquer davantage la curiosité publique. Et, naturellement, quand on ne sait rien, le champ est plus vaste, l'imagination en profite, et ce fut à qui paraîtrait le mieux informé.

Les reporters, désireux de satisfaire leurs lecteurs, s'étaient empressés de se rendre à Gravosa, — quelques-uns, même, à bord de la goëlette. Ils ne purent voir le personnage, dont l'opinion s'occupait avec tant d'insistance. Les ordres étaient formels. Le docteur ne recevait pas. Aussi les réponses que faisait le capitaine Narsos à toutes les demandes des visiteurs, étaient-elles invariablement les mêmes :

« Mais d'où vient ce docteur?

— D'où il lui plaît.

— Et où va-t-il?

— Où il lui convient d'aller.

— Mais qui est-il?

— Personne ne le sait, et peut-être ne le sait-il pas plus que ceux qui le demandent! »

Le moyen de renseigner des lecteurs avec de si laconiques réponses! Il s'en suivit donc que les imaginations, ayant toute liberté, ne se gênèrent pas

pour vagabonder en pleine fantaisie. Le docteur
Antékirtt devint tout ce qu'on voulut. Il avait été
tout ce qu'il leur plut d'inventer, à ces chroni-
queurs aux abois. Pour les uns, c'était un chef de
pirates. Pour les autres, roi d'un vaste empire
africain, il voyageait incognito dans le but de
s'instruire. Ceux-ci affirmaient que c'était un exilé
politique, ceux-là, qu'une révolution l'ayant chassé
de ses États, il parcourait le monde en philosophe et en curieux. On pouvait choisir. Quant à
ce titre de docteur, dont il se parait, ceux qui voulurent bien l'admettre se divisèrent : dans l'opinion
des uns, c'était un grand médecin, qui avait fait
d'admirables cures en des cas désespérés; dans
l'opinion des autres, c'était le roi des charlatans,
et il eût été fort empêché de montrer ses brevets
ou diplômes !

En tout cas, les médecins de Gravosa et de
Raguse n'eurent point à le poursuivre pour exercice
illégal de la médecine. Le docteur Antékirtt se
tint constamment sur une extrême réserve, et,
quand on voulut lui faire l'honneur de le consulter,
il se déroba toujours.

D'ailleurs, le propriétaire de la *Savarèna* ne prit
point appartement à terre. Il ne descendit même
pas dans un des hôtels de la ville. Pendant les

deux premiers jours de son arrivée à Gravosa, c'est
tout au plus s'il poussa usqu'à Raguse. Il se bornait
à faire quelques promenades aux environs, et, deux
ou trois fois, il emmena Pointe Pescade, dont il
appréciait l'intelligence naturelle.

Mais s'il ne se rendit pas à Raguse, un jour,
Pointe Pescade y alla pour lui. Chargé de quelque
mission de confiance, — peut-être un renseignement
à recueillir, — ce brave garçon répondit comme
il suit aux questions qui lui furent faites à son
retour.

« Ainsi celui-là demeure dans le Stradone?

— Oui, monsieur le docteur, c'est-à-dire dans
la plus belle rue de la ville. Il occupe un hôtel, pas
loin de la place où l'on montre aux étrangers le
palais des anciens doges, un magnifique hôtel avec
des domestiques, des voitures. Un vrai train de millionnaire!

— Et l'autre?

— L'autre ou plutôt les autres? répondit Pointe
Pescade. Ils habitent bien le même quartier, mais
leur maison est perdue au fond de ces rues montantes, étroites, tortueuses, — à vrai dire, de véritables escaliers, — qui conduisent à des habitations
plus que modestes!

— Leur demeure est humble, petite, triste

d'aspect au dehors, bien qu'au dedans, j'imagine, elle doive être proprement tenue, monsieur le docteur. On sent qu'elle est habitée par des gens pauvres et fiers.

— Cette dame?...

— Je ne l'ai pas vue, et l'on m'a dit qu'elle ne sortait presque jamais de la rue Marinella.

— Et son fils?...

— Lui, je l'ai aperçu, monsieur le docteur, au moment où il rentrait chez sa mère.

— Et comment t'a-t-il paru?...

— Il m'a paru préoccupé, inquiet même! On dirait que ce jeune homme a passé par la souffrance!... Cela se voit!

— Mais toi aussi, Pointe Pescade, tu as souffert, et, cependant cela ne se voit pas!

— Souffrances physiques ne sont pas souffrances morales, monsieur le docteur! Voilà pourquoi j'ai toujours pu cacher les miennes — et même en rire! »

Le docteur tutoyait déjà Pointe Pescade, — ce que celui-ci avait réclamé comme une faveur, — dont Cap Matifou devait bientôt profiter. Vraiment, l'Hercule était trop imposant pour que l'on pût se permettre de le tutoyer si vite!

Cependant le docteur, après avoir fait ces

1.

questions et reçu ces réponses, cessa ses promenades autour de Gravosa. Il semblait attendre une
démarche qu'il n'eût pas voulu provoquer en allant
à Raguse, où la nouvelle de son arrivée sur la
Savarèna devait être connue. Il resta donc à bord,
et ce qu'il attendait, arriva.

Le 29 mai, vers onze heures du matin, après
avoir observé, sa lunette aux yeux, les quais de
Gravosa, le docteur donna l'ordre d'armer sa baleinière, y descendit, puis débarqua près du môle,
où se tenait un homme qui semblait le guetter.

« C'est lui! se dit le docteur. C'est bien lui!...
Je le reconnais, si changé qu'il soit! »

Cet homme était un vieillard, brisé par l'âge,
bien qu'il n'eût que soixante-dix ans. Ses cheveux
blancs recouvraient une tête qui s'inclinait vers la
terre. Sa figure était grave, triste, à peine animée
d'un regard à demi éteint, que les larmes avaient
dû souvent noyer. Il se tenait immobile sur le quai,
n'ayant pas perdu de vue le canot depuis le moment
où il s'était détaché de la goëlette.

Le docteur ne voulut point avoir l'air d'apercevoir ce vieillard, encore moins de le reconnaître.
Il ne parut donc pas remarquer sa présence. Mais,
à peine avait-il fait quelques pas, que le vieillard
s'avança vers lui, et, humblement découvert :

« Le docteur Antékirtt ? demanda-t-il.

— C'est moi, répondit le docteur, en regardant ce pauvre homme, dont les paupières n'eurent pas même un tressaillement lorsque ses yeux se fixèrent sur lui,

Puis il ajouta :

« Qui êtes-vous, mon ami, et que me voulez-vous ?

— Je me nomme Borik répondit le vieillard, je suis au service de madame Bathory, et je viens de sa part vous demander un rendez-vous...

— Madame Bathory ? répéta le docteur. Serait-ce la veuve de ce Hongrois qui paya de sa vie son patriotisme ?...

— Elle-même, répondit le vieillard. Et, bien que vous ne l'ayez jamais vue, il est impossible que vous ne la connaissiez pas, puisque vous êtes le docteur Antékirtt ! »

Celui-ci écoutait attentivement le vieux serviteur, dont les yeux restaient toujours baissés. Il semblait se demander si, sous ces paroles, ne se cachait pas quelque arrière-pensée.

Puis, reprenant :

« Que me veut madame Bathory ?

— Pour des raisons que vous devez comprendre, elle désirerait avoir avec vous un entretien, monsieur le docteur.

— J'irai la voir.

— Elle préférerait venir à votre bord.

— Pourquoi?

— Il importe que cet entretien soit secret.

— Secret?... Vis-à-vis de qui?

— Vis-à-vis de son fils! Il ne faut pas que monsieur Pierre sache que madame Bathory a reçu votre visite! »

Cette réponse parut surprendre le docteur; mais il n'en laissa rien voir à Borik.

« Je préfère me rendre à la demeure de madame Bathory, reprit-il. Ne pourrais-je le faire en l'absence de son fils?

— Vous le pouvez, monsieur le docteur, si vous consentez à venir dès demain. Pierre Bathory doit partir ce soir pour Zara, et il ne sera pas de retour avant vingt-quatre heures.

— Et que fait Pierre Bathory?

— Il est ingénieur, mais jusqu'ici il n'a pas encore pu trouver une situation. Ah! la vie a été dure pour sa mère et pour lui!

— Dure!... répondit le docteur Antékirtt. Est-ce que madame Bathory n'a pas des ressources... »

Il s'arrêta. Le vieillard avait courbé la tête, pendant que sa poitrine se gonflait de sanglots.

« Monsieur le docteur, dit-il enfin, je ne puis rien

vous apprendre de plus. Dans l'entretien qu'elle sollicite, madame Bathory vous dira tout ce que vous avez le droit de savoir! »

Il fallait que le docteur fût bien maître de lui-même pour ne rien laisser paraître de son émotion.

« Où demeure madame Bathory? demanda-t-il.

— A Raguse, dans le quartier du Stradone, au numéro 17 de la rue Marinella.

— Madame Bathory sera-t-elle visible demain entre une heure et deux heures de l'après-midi?

— Elle le sera, monsieur le docteur, et c'est moi qui vous introduirai près d'elle.

— Dites à madame Bathory qu'elle peut compter sur moi au jour et à l'heure convenus.

— Je vous remercie en son nom! » répondit le vieillard.

Puis, après quelque hésitation :

« Vous pourriez croire, ajouta-t-il, qu'il s'agit d'un service à vous demander...

— Et quand cela serait? dit vivement le docteur.

— Il n'en est rien, » répondit Borik.

Puis, après s'être humblement incliné, il reprit la route qui va de Gravosa à Raguse.

Évidemment, les dernières paroles du vieux serviteur avaient quelque peu surpris le docteur Antékirtt. Il était resté sur le quai, immobile, regardant

Borik s'éloigner. De retour à bord, il donna congé
à Pointe Pescade et à Cap Matifou. Puis, après s'être
renfermé dans sa chambre, il voulut y rester seul
pendant les dernières heures de cette journée.

Pointe Pescade et Cap Matifou profitèrent donc
de la permission, en vrais rentiers qu'ils étaient. Ils
s'offrirent même le plaisir d'entrer dans quelques-
unes des baraques de la fête foraine. Dire que l'agile
clown ne fut pas tenté d'en remontrer à quelque
équilibriste maladroit, que le puissant lutteur n'eut
pas envie de prendre part à ces combats d'athlètes,
ce serait contraire à la vérité. Mais tous deux se
souvinrent qu'ils avaient l'honneur d'appartenir au
personnel de la *Savarèna*. Ils restèrent donc simples
spectateurs et ne marchandèrent pas les bravos,
quand ils leur parurent mérités.

Le lendemain, le docteur se fit mettre à terre,
un peu avant midi. Après avoir renvoyé sa baleinière à bord, il se dirigea vers la route qui réunit le
port de Gravosa à Raguse, — belle avenue, disposée
en corniche, bordée de villas, ombragée d'arbres,
sur une longueur de deux kilomètres.

L'avenue n'était pas encore animée, comme elle
devait l'être quelques heures plus tard, par le va-
et-vient des équipages, par la foule des promeneurs
à pied et à cheval.

Le docteur, tout en songeant à son entrevue avec Mme Bathory, suivait une des contre-allées, et il fut bientôt arrivé au Borgo-Pille, sorte de bras de pierre qui s'allonge hors du triple vêtement des fortifications de Raguse. La poterne était ouverte, et, à travers les trois enceintes, donnait accès dans l'intérieur de la cité.

C'est une magnifique artère dallée, ce Stradone, qui depuis le Borgo-Pille se prolonge jusqu'au faubourg de Plocce, après avoir traversé la ville. Il se développe au pied d'une colline, sur laquelle s'étage tout un amphithéâtre de maisons. A son extrémité s'élève le palais des anciens dogès, beau monument du quinzième siècle, avec cour intérieure, portique de la Renaissance, fenêtres à plein cintre, dont les sveltes colonnettes rappellent la meilleure époque de l'architecture toscane.

Le docteur n'eut pas besoin d'aller jusqu'à cette place. La rue Marinella, que Borik lui avait indiquée la veille, débouche à gauche, vers le milieu du Stradone. Si son pas se ralentit un peu, ce fut au moment où il jeta un rapide coup d'œil sur un hôtel, bâti en granit, dont la riche façade et les annexes en équerre s'élevaient sur la droite. La porte de la cour, alors ouverte, laissait voir une voiture de maître avec un superbe attelage, cocher

sur siège, tandis qu'un valet de pied attendait
devant le perron, abrité d'une élégante vérandah.

Presque aussitôt, un homme montait dans cette
voiture, les chevaux franchissaient rapidement la
cour, et la porte se refermait sur eux.

Ce personnage était celui qui, trois jours auparavant, avait accosté le docteur Antékirtt sur le quai
de Gravosa : c'était l'ancien banquier de Trieste,
Silas Toronthal.

Le docteur, désireux d'éviter cette rencontre,
s'était reculé précipitamment, et il ne reprit sa
route qu'au moment où le rapide équipage eut
disparu à l'extrémité du Stradone.

« Tous deux dans cette même ville! murmura-t-il.
Ceci est la part du hasard, non la mienne! »

Étroites, raides, mal pavées, de pauvre apparence,
ces rues qui aboutissent à la gauche du Stradone!
Qu'on imagine un large fleuve, n'ayant pour tribu-
taires que des torrents sur l'une de ses rives. Afin
de trouver un peu d'air, les maisons grimpent les
unes au-dessus des autres, — à se toucher. Elles
ont les yeux dans les yeux, s'il est permis de nom-
mer de cette façon les fenêtres ou lucarnes qui
s'ouvrent sur leur façade. Elles montent ainsi
jusqu'à la crête de l'une des deux collines, dont les
sommets sont couronnés par les forts Mincetto et

San Lorenzo. Aucune voiture n'y pourrait circuler. Si le torrent manque, excepté les jours de grande pluie, la rue n'en est pas moins un ravin, et toutes ces pentes, toutes ces dénivellations, il a fallu les racheter par des paliers et des marches. Vif contraste entre ces modestes demeures et les splendides hôtels ou édifices du Stradone.

Le docteur arriva à l'entrée de la rue Marinella, et commença à monter l'interminable escalier qui la dessert. Il dut franchir ainsi plus de soixante marches, avant de s'arrêter devant le numéro 17.

Là, une porte s'ouvrit aussitôt. Le vieux Borik attendait le docteur. Il l'introduisit, sans mot dire, dans une salle proprement tenue, mais pauvrement meublée.

Le docteur s'assit. Rien ne pouvait donner à penser qu'il éprouvât la plus légère émotion à se trouver dans cette demeure, — pas même lorsque Mme Bathory entra et dit :

« Monsieur le docteur Antékirtt?

— C'est moi, madame, répondit le docteur en se levant.

— J'aurais voulu, reprit Mme Bathory, vous éviter la peine de venir si loin et si haut !

— Je tenais à vous rendre visite, madame, et vous prie de croire que je suis tout à votre service !

2

« — Monsieur, répondit Mme Bathory, c'est hier seulement que j'ai appris votre arrivée à Gravosa, et j'ai aussitôt envoyé Borik pour vous demander un entretien.

— Madame, je suis prêt à vous entendre.

— Je me retire, dit le vieillard.

— Non, restez, Borik ! répondit Mme Bathory. Seul ami de notre famille, vous n'ignorez rien de ce que j'ai à dire au docteur Antékirtt! »

Mme Bathory s'assit, et le docteur prit place devant elle, tandis que le vieillard restait debout près de la fenêtre.

La veuve du professeur Étienne Bathory avait alors soixante ans. Si sa taille était droite encore, malgré la pesanteur de l'âge, sa tête toute blanche, sa figure sillonnée de rides, indiquaient combien elle avait eu à lutter contre le chagrin et la misère. Mais on la sentait énergique encore, comme elle l'avait été dans le passé. En elle se retrouvait la vaillante compagne, la confidente intime de l'homme qui avait sacrifié sa position à ce qu'il avait cru être son devoir, sa complice enfin, lorsqu'il s'était jeté dans la conspiration avec Mathias Sandorf et La-dislas Zathmar.

« Monsieur, dit-elle d'une voix dont elle eut vai-nement essayé de dissimuler l'émotion, puisque vous êtes le docteur Antékirtt, je suis votre obligée, et je vous dois le récit des événements qui se sont passés à Trieste, il y a quinze ans...

— Madame, puisque je suis le docteur Antékirtt, épargnez-vous un récit trop douloureux pour vous ! Je le connais, et j'ajoute, — puisque je suis le docteur Antékirtt, — que je connais aussi tout ce qu'a été votre existence depuis cette date inoubliable du 30 juin 1867.

— Me direz-vous alors, monsieur, reprit Mᵐᵉ Bathory, à quel motif est dû l'intérêt que vous avez pris à ma vie ?

— Cet intérêt, madame, est celui que tout homme de cœur doit à la veuve du magyar, qui n'a pas hésité à risquer son existence pour l'indépendance de sa patrie !

— Avez-vous connu le professeur Étienne Bathory ? demanda la veuve d'une voix un peu tremblante.

— Je l'ai connu, madame, je l'ai aimé, et je vénère tous ceux qui portent son nom.

— Êtes-vous donc de ce pays pour lequel il a donné son sang ?

— Je ne suis d'aucun pays, madame.

— Qui êtes-vous, alors ?

— Un mort, qui n'a pas encore de tombe ! » répondit froidement le docteur Antékirtt.

Mme Bathory et Borik, à cette réponse si inattendue, tressaillirent; mais le docteur se hâta d'ajouter :

« Cependant, madame, ce récit que je vous ai priée de ne pas me faire, il faut, moi, que je vous le fasse, car, s'il est des choses que vous connaissez, il en est d'autres qui vous sont inconnues, et celles-là, vous ne devez pas les ignorer plus longtemps.

— Soit, monsieur, je vous écoute, répondit Mme Bathory.

— Madame, reprit le docteur Antékirtt, il y a quinze ans, trois nobles hongrois se firent les chefs d'une conspiration, qui avait pour but de rendre à la Hongrie son ancienne indépendance. Ces hommes étaient le comte Mathias Sandorf, le professeur Étienne Bathory, le comte Ladislas Zathmar, trois amis confondus depuis longtemps dans la même espérance, trois êtres vivant du même cœur.

« Le 8 juin 1867, la veille du jour où allait être donné le signal du soulèvement, qui devait s'étendre dans tout le pays hongrois et jusqu'en Transylvanie, la maison du comte Zathmar, à Trieste, dans laquelle se trouvaient les chefs de la conspiration, fut envahie par la police autrichienne. Le comte Sandorf et ses deux compagnons furent saisis, emmenés, emprisonnés, la nuit même, dans le donjon de Pisino, et, quelques semaines après, ils étaient condamnés à mort.

« Un jeune comptable, nommé Sarcany, arrêté en même temps qu'eux dans la maison du comte Zathmar, parfaitement étranger au complot d'ailleurs, ne tarda pas à être mis hors de cause, puis relâché, après le dénouement de cette affaire.

« La veille du jour où la sentence allait être exécutée, une évasion fut tentée par les prisonniers, réunis alors dans la même cellule. Le comte Sandorf et Étienne Bathory, en s'aidant de la chaîne d'un paratonnerre, parvinrent à s'enfuir du donjon de Pisino, et ils tombèrent dans le torrent de la Foïba, au moment où Ladislas Zathmar, saisi par les gardiens, était mis dans l'impossibilité de les suivre.

« Bien que les fugitifs eussent peu de chances d'échapper à la mort, puisqu'une rivière souterraine les entraînait au milieu d'un pays qu'ils ne connaissaient même pas, ils purent cependant gagner les grèves du canal de Lème, puis la ville de Rovigno, où ils trouvèrent asile dans la maison du pêcheur Andréa Ferrato.

« Ce pêcheur, — un homme de cœur ! — avait tout préparé pour les conduire de l'autre côté de l'Adriatique, lorsque, par vengeance personnelle, un Espa-

2.

gnol, nommé Carpena, qui avait surpris le secret de leur retraite, dénonça les fugitifs à la police de Rovigno. Ils tentèrent de s'échapper une seconde fois. Mais Étienne Bathory, blessé, fut aussitôt repris par les agents. Quant à Mathias Sandorf, poursuivi jusqu'au rivage, il tomba sous une grêle de balles, et l'Adriatique ne rendit même pas son cadavre.

« Le surlendemain, Étienne Bathory et Ladislas Zathmar étaient passés par les armes dans la forteresse de Pisino. Puis, pour leur avoir donné asile, le pêcheur Andréa Ferrato, condamné aux galères perpétuelles, était envoyé au bagne de Stein. »

Mme Bathory baissait la tête. Le cœur serré, elle avait écouté, sans l'interrompre, le récit du docteur.

« Vous connaissiez ces détails, madame? lui demanda-t-il.

— Oui, monsieur, comme vous-même vous les avez connus, par les journaux, sans doute?

— Oui, madame, par les journaux, répondit le docteur. Mais ce que les journaux n'ont pu apprendre au public, puisque cette affaire avait été instruite dans le plus grand secret, je l'ai su, moi, grâce à l'indiscrétion d'un gardien de la forteresse, et je vais vous l'apprendre.

— Parlez, monsieur, répondit Mme Bathory.

— Si le comte Mathias Sandorf et Étienne Ba-

thory furent trouvés et pris dans la maison du
pêcheur Ferrato, c'est qu'ils avaient été trahis par
l'Espagnol Carpena. Mais s'ils avaient été arrêtés,
trois semaines avant, dans la maison de Trieste,
c'est que des traîtres les avaient dénoncés aux
agents de la police autrichienne.

— Des traîtres!... dit Mme Bathory.

— Oui, madame, et la preuve de cette trahison
résulta des débats mêmes de l'affaire. Une première
fois, ces traîtres avaient surpris au cou d'un pigeon
voyageur un billet chiffré, adressé au comte Sandorf, et dont ils prirent le fac-similé. Une seconde
fois, dans la maison même du comte Zathmar, ils
parvinrent à obtenir un décalque de la grille qui
servait à lire ces dépêches. Puis, lorsqu'ils eurent
pris connaissance du billet, ils le livrèrent au gouverneur de Trieste. Et, sans doute, une partie des
biens confisqués du comte Sandorf servit à payer
leur délation.

— Ces misérables, les connaît-on?... demanda
Mme Bathory, dont l'émotion faisait trembler la voix.

— Non, madame, répondit le docteur. Mais,
peut-être les trois condamnés les connaissaient-ils,
et auraient-ils dit leurs noms, s'ils eussent pu revoir
une dernière fois leur famille avant de mourir! »

En effet, ni Mme Bathory, alors absente avec

son fils, ni Borik, retenu dans la prison de Trieste, n'avaient pu assister les condamnés à leurs derniers moments.

« Ne pourra-t-on jamais savoir le nom de ces misérables? demanda Mme Bathory.

— Madame, répondit le docteur Antékirtt, les traîtres finissent toujours par se trahir! — Voici, maintenant, ce que je dois ajouter pour compléter mon récit.

« Vous étiez restée veuve, avec un jeune enfant de huit ans, à peu près sans ressources. Borik, le serviteur du comte Zathmar, ne voulut pas vous abandonner après la mort de son maître; mais il était pauvre et n'avait que son dévouement à vous apporter.

« Alors, madame, vous avez quitté Trieste pour venir occuper ce modeste logement à Raguse. Vous avez travaillé, travaillé de vos mains, afin de subvenir aux besoins de la vie matérielle comme aux besoins de la vie morale. Vous vouliez, en effet, que votre fils suivît, dans la science, le chemin qu'avait illustré son père. Mais que de luttes incessamment subies, que de misères courageusement supportées! Et avec quel respect je m'incline devant la noble femme qui a montré tant d'énergie, devant la mère, dont les soins ont fait de son fils un homme! »

En parlant ainsi, le docteur s'était levé, et un indice d'émotion apparaissait sous sa froideur habituelle.

Mme Bathory n'avait rien répondu. Elle attendait, ne sachant si le docteur avait achevé son récit ou s'il allait le continuer, en rapportant des faits qui lui étaient absolument personnels, et à propos desquels elle lui avait demandé cette entrevue.

« Cependant, madame, reprit le docteur qui comprit sa pensée, sans doute les forces humaines ont des bornes, et, déjà malade, épuisée par tant d'épreuves, peut-être eussiez-vous succombé à la tâche, si un inconnu, non! un ami du professeur Bathory ne fût venu à votre aide. Jamais je ne vous aurais parlé de cela, si votre vieux serviteur ne m'avait fait connaître le désir que vous aviez de me voir...

— En effet, monsieur, répondit Mme Bathory. N'ai-je donc pas à remercier le docteur Antékirtt?...

— Et pourquoi, madame? Parce que, il y a cinq ou six ans, en souvenir de l'amitié qui le liait au comte Sandorf et à ses deux compagnons, et pour vous aider dans votre œuvre, le docteur Antékirtt vous a fait adresser une somme de cent mille florins? N'était-il pas trop heureux de pouvoir mettre cet argent à votre disposition? Non, ma-

dame, c'est moi, au contraire, qui dois vous remercier d'avoir bien voulu accepter ce don, s'il a pu
venir en aide à la veuve et au fils d'Étienne Bathory ! »

La veuve s'était inclinée et répondit :

« Quoi qu'il en soit, monsieur, je tenais à vous
témoigner ma reconnaissance. C'était le premier
motif de cette visite que je voulais aller vous
rendre. Mais il y en avait un second...

— Lequel, madame?

— C'était... de vous restituer cette somme...

— Quoi, madame?... dit vivement le docteur,
vous n'avez pas voulu accepter?...

— Monsieur, je ne me suis pas cru le droit de
disposer de cet argent. Je ne connaissais pas le
docteur Antékirtt. Je n'avais jamais entendu prononcer son nom. Cette somme pouvait être une
sorte d'aumône, venant de ceux que mon mari avait
combattus et dont la pitié m'eut été odieuse! Aussi
n'ai-je pas voulu l'employer, même pour l'usage
auquel le docteur Antékirtt la destinait.

— Ainsi... cet argent ...

— Est intact.

— Et votre fils ?...

— Mon fils ne devra rien qu'à lui-même....

— Et à sa mère! » ajouta le docteur, dont tant

de grandeur d'âme, tant d'énergie de caractère, ne pouvaient qu'exciter l'admiration et commander le respect.

Cependant, Mme Bathory s'était levée, et, d'un meuble fermé à clef, elle tirait une liasse de billets qu'elle tendit au docteur.

« Monsieur, dit-elle, veuillez reprendre cet argent, car il est à vous, et recevez les remerciements d'une mère, comme si elle s'en fût servie pour élever son fils !

— Cet argent ne m'appartient plus, madame ! répondit le docteur en refusant d'un geste.

— Je vous répète qu'il n'a jamais dû m'appartenir !

— Mais si Pierre Bathory en faisait usage…..

— Mon fils finira par trouver la situation dont il est digne, et je pourrai compter sur lui comme il a pu compter sur moi !

— Il ne refusera pas ce qu'un ami de son père insistera pour lui faire accepter !

— Il refusera !

— Du moins, madame, me permettrez-vous d'essayer ?...

— Je vous prierai de n'en rien faire, monsieur le docteur, répondit Mme Bathory. Mon fils ignore même que j'ai reçu cet argent, et je désire qu'il l'ignore toujours !

— Soit, madame !... Je comprends les sentiments
qui vous font agir, puisque je n'étais et ne suis
qu'un inconnu pour vous !... Oui ! je les comprends
et je les admire !... Mais, je vous le répète, si cet
argent n'est pas à vous, il n'est plus à moi ! »

Le docteur Antékirtt se leva. Le refus de Mme Bathory n'avait rien qui pût le froisser personnellement. Cette délicatesse ne provoqua donc en lui
que le sentiment du plus profond respect. Il salua
la veuve et il allait se retirer, quand une dernière
question l'arrêta.

« Monsieur, dit Mme Bathory, vous avez parlé
de manœuvres indignes, qui ont envoyé à la mort
Ladislas Zathmar, Etienne Bathory et le comte
Sandorf?

— J'ai dit ce qui était, madame.

— Mais ces traîtres, personne ne les connaît?

— Si, madame !

— Qui donc?

— Dieu ! »

Sur ce mot, le docteur Antékirtt s'inclina une
dernière fois devant la veuve et sortit.

Mme Bathory était restée pensive. Par une sympathie secrète, dont elle ne se rendait peut-être pas
bien compte, elle se sentait irrésistiblement attirée
vers ce personnage mystérieux, si mêlé aux plus

intimes événements de sa vie. Le reverrait-elle jamais, et, si la *Savarèna* ne l'avait conduit à Raguse que pour lui rendre cette visite, n'allait-il pas reprendre la mer et ne plus revenir?

Quoi qu'il en soit, le lendemain, les journaux annonçaient qu'un don anonyme de cent mille florins venait d'être fait aux hospices de la ville.

C'était l'aumône du docteur Antékirtt, mais n'était-ce pas aussi l'aumône de la veuve, qui l'avait refusée pour son fils et pour elle?

V

DIVERS INCIDENTS.

Cependant le docteur ne devait pas se hâter de quitter Gravosa, ainsi que pouvait le croire Mme Bathory. Après avoir vainement tenté de venir en aide à la mère, il s'était promis de venir en aide au fils. Si, jusqu'alors, Pierre Bathory n'avait encore pu trouver la situation à laquelle devaient le conduire ses brillantes études, il ne refuserait sans doute pas les offres que voulait lui faire le docteur. Lui créer une position digne de ses talents, digne du nom qu'il portait, ce ne serait plus une aumône, cela! Ce ne serait que la juste récompense due à ce jeune homme!

Mais, ainsi que l'avait dit Borik, Pierre Bathory était allé à Zara pour affaires.

Le docteur, toutefois, ne voulut pas tarder à lui écrire. Il le fit le jour même. Sa lettre se borna à indiquer qu'il serait heureux de recevoir Pierre Bathory à bord de la *Savarèna*, ayant à lui faire une proposition de nature à l'intéresser.

Cette lettre fut mise à la poste de Gravosa, et il n'y eut plus qu'à attendre le retour du jeune ingénieur.

En attendant, le docteur continua de vivre plus retiré que jamais à bord de la goëlette. La *Savarèna*, mouillée au milieu du port, son équipage ne descendant jamais à terre, était aussi isolée qu'elle eût pu l'être au milieu de la Méditerranée ou de l'Atlantique.

Originalité bien faite pour intriguer les curieux, reporters ou autres, qui n'avaient point renoncé à vouloir « interviewer » ce personnage légendaire, bien qu'ils ne pussent être admis à bord de son yacht, non moins légendaire que lui! Et, comme Pointe Pescade et son compagnon, Cap Matifou, avaient « liberté de manœuvre », ce fut en s'adressant à eux que le reportage essaya de tirer quelques éclaircissements, dont les journaux eussent fait un si attrayant usage.

On le sait, Pointe Pescade, c'était un élément de gaieté introduit à bord, — avec l'agrément du

docteur, cela va sans dire. Si Cap Matifou demeurait sérieux comme un cabestan dont il avait la
force, Pointe Pescade riait et chantait toujours, vif
comme la flamme d'un navire de guerre dont il
avait la légèreté. Quand il ne courait pas dans
la mâture, à la grande joie de l'équipage auquel il
donnait des leçons de voltige, adroit comme un
matelot, agile comme un mousse, il l'amusait par
ses interminables saillies. Ah! le docteur Antékirtt
lui avait recommandé de garder sa bonne humeur!
Eh bien, il la gardait, tout en la faisant partager
aux autres!

Il a été dit plus haut que Cap Matifou et lui
avaient liberté de manœuvre. Cela signifie qu'ils
étaient libres d'aller et de venir. Si l'équipage restait
à bord, eux descendaient à terre, quand cela leur
convenait. De là, cette propension toute naturelle
des curieux à les suivre, à les circonvenir, à les
interroger. Mais on ne faisait pas parler Pointe
Pescade, lorsqu'il voulait se taire, ou s'il parlait,
c'était absolument pour ne rien dire.

« Qu'est-ce que ce docteur Antékirtt?

— Un fameux médecin! Il vous guérit de toutes
les maladies, même de celles qui viennent de vous
emporter dans l'autre monde!

— Est-il riche?

— Pas le sou!... C'est moi, Pescade, qui lui donne son prêt tous les dimanches!

— Mais d'où vient-il?

— D'un pays dont personne ne sait le nom!

— Et où est-il situé, ce pays-là?

— Tout ce que je puis dire, c'est qu'il est borné, au nord, par pas grand chose, et, au sud, par rien du tout! »

Impossible de tirer d'autres renseignements du joyeux compagnon de Cap Matifou, qui, lui, demeurait muet comme un bloc de granit.

Mais, s'ils ne répondaient point à ces indiscrètes demandes des reporters, les deux amis ne laissaient pas de causer entre eux, — et souvent, — à propos de leur nouveau maître. Ils l'aimaient déjà et ils l'aimaient bien. Ils ne demandaient qu'à se dévouer pour lui. Entre eux et le docteur, il se faisait comme une sorte d'affinité chimique, une cohésion, qui, de jour en jour, les liait davantage.

Et, chaque matin, ils s'attendaient à être mandés dans sa chambre pour s'entendre dire :

« Mes amis, j'ai besoin de vous! »

Mais rien ne venait — à leur grand ennui.

« Est-ce que cela va durer longtemps ainsi? dit un jour Pointe Pescade. Il est dur de rester à ne rien faire, surtout quand on n'a pas été élevé à cela, mon Cap!

3.

— Oui! les bras se rouillent, répondit l'Hercule, en regardant ses énormes biceps, inoccupés comme les bielles d'une machine au repos.

— Dis-donc, Cap Matifou?

— Que veux-tu que je te dise, Pointe Pescade?

— Sais-tu ce que je pense du docteur Antékirtt?

— Non, mais dis-moi ce que tu en penses, Pointe Pescade! Cela m'aidera à te répondre!

— Eh bien, c'est que dans son passé, il y a des choses... des choses!... Ça se voit à ses yeux, qui lancent quelquefois des éclairs à vous aveugler!... Et le jour où la foudre éclatera....

— Ça fera du bruit!

— Oui, Cap Matifou, du bruit... et de la besogne, et j'imagine que nous ne serons pas inutiles à cette besogne-là! »

Ce n'était pas sans raison que Pointe Pescade parlait de la sorte. Bien que le calme le plus complet régnât à bord de la goëlette, l'intelligent garçon n'était pas sans avoir vu certaines choses qui donnaient à penser. Que le docteur ne fût pas un simple touriste, voyageant sur son yacht de plaisance à travers la Méditerranée, rien de plus évident. La *Savarèna* devait être un centre auquel aboutissaient bien des fils, réunis dans la main de son mystérieux propriétaire.

En effet, lettres et dépêches y arrivaient un peu de tous les coins de cette mer admirable, dont les flots baignent le rivage de tant de pays différents, aussi bien du littoral français ou espagnol que du littoral du Maroc, de l'Algérie et de la Tripolitaine. Qui les envoyait? Évidemment des correspondants, occupés de certaines affaires, dont la gravité ne pouvait être méconnue, — à moins que ce ne fussent des clients qui demandaient quelque consultation par correspondance au célèbre docteur, — ce qui paraissait peu probable.

Au surplus, même dans les bureaux du télégraphe de Raguse, il eût été difficile de comprendre le sens de ces dépêches, car elles étaient écrites dans une langue inconnue, dont le docteur semblait seul avoir le secret. Et, quand même ce langage aurait été intelligible, qu'aurait-on pu conclure de phrases telles que les suivantes :

« *Almeira : on croyait être sur les traces de Z. R. — Fausse piste, maintenant abandonnée.*

« *Retrouvé le correspondant de H. V. 5. — Lié avec troupe de K. 3, entre Catane et Syracuse. A suivre.*

« *Dans le Manderaggio, La Vallette, Malte, ai constaté le passage de T. K. 7.*

« *Cyrène... Attendons nouveaux ordres... Flottille*

d'Anték.... prête. Electric 3 reste sous pression jour et nuit.

« *R. O. 3. Depuis mort au bagne. — Tous deux disparus.* »

Et cet autre télégramme, portant une mention particulière au moyen d'un nombre convenu :

2147. Sarc. Autrefois courtier d'affaire... Service Toronth. — Cessé rapports avec Tripoli d'Afrique.

Puis, à la plupart de ces dépêches, cette invariable réponse qui était envoyée de la *Savaréna.*

« *Que les recherches continuent. N'épargnez ni argent ni soins. Adressez nouveaux documents.* »

Il y avait là un échange de correspondances incompréhensibles, qui semblaient mettre en surveillance tout le périple de la Méditerranée. Le docteur n'était donc point si inoccupé qu'il voulait bien le paraître. Toutefois, en dépit du secret professionnel, il était difficile que l'échange de telles dépêches ne fût pas connu du public. De là, un redoublement de curiosité à l'endroit de ce personnage énigmatique.

L'un des plus intrigués de la haute société ragusaine, c'était l'ancien banquier de Trieste. Silas Toronthal, on ne l'a pas oublié, avait rencontré sur le quai de Gravosa le docteur Antékirtt, quelques instants après l'arrivée de la *Savaréna.* Pendant

cette rencontre, s'il y avait eu un vif sentiment de
répulsion d'une part, de l'autre il s'était produit un
sentiment non moins vif de curiosité ; mais jusqu'ici, les circonstances n'avaient pas permis au
banquier de la satisfaire.

Pour dire le vrai, la présence du docteur avait
fait sur Silas Toronthal une très singulière impression que lui-même n'eût pu définir. Ce qu'on en
répétait à Raguse, l'incognito dans lequel il semblait
vouloir se renfermer, la difficulté d'être admis près
de lui, tout cela était pour donner au banquier un
violent désir de le revoir. Dans ce but, il s'était
plusieurs fois rendu à Gravosa. Là, arrêté sur le
quai, il regardait cette goëlette, brûlant de l'envie
d'aller à bord. Un jour même, il s'y était fait conduire et n'avait reçu que l'inévitable réponse du
timonier :

« Le docteur Antékirtt n'est pas visible. »

Il s'ensuivit donc chez Silas Toronthal une sorte
d'irritation à l'état chronique, en présence d'un
obstacle qu'il ne pouvait franchir.

Le banquier eut alors la pensée de faire espionner
le docteur pour son propre compte. Ordre fut donné
à un agent, dont il était sûr, d'observer les pas et
démarches du mystérieux étranger, même quand il
se contentait de visiter Gravosa ou ses environs.

Que l'on juge, alors, de l'inquiétude que dut
éprouver Silas Toronthal, lorsqu'il apprit que le
vieux Borik avait eu un entretien avec le docteur,
que celui-ci, le lendemain, était venu faire visite
à Mme Bathory.

« Qu'est-ce donc que cet homme? » se demanda-
t-il.

Et pourtant, que pouvait avoir à craindre le
banquier dans sa situation présente? Depuis quinze
ans, rien n'avait transpiré de ses machinations
d'autrefois. Mais tout ce qui se rapportait à la
famille de ceux qu'il avait trahis et vendus ne pouvait que l'inquiéter. Si le remords n'avait pas prise
sur sa conscience, la crainte s'y glissait souvent,
et la démarche de ce docteur inconnu, puissant
par sa renommée, puissant par sa fortune, n'était
pas pour le rassurer.

« Mais quel est cet homme?... répétait-il. Qu'est-il
venu faire à Raguse dans la maison de madame
Bathory?... A-t-il été mandé comme médecin?...
Enfin que peut-il y avoir de commun entre elle et
lui? »

A cela, pas de réponse possible. Toutefois, ce
qui rassura un peu Silas Toronthal, après une mi-
nutieuse enquête, ce fut la certitude que la visite
faite à Mme Bathory ne s'était pas renouvelée.

Cependant, la résolution que le banquier avait prise d'entrer, coûte que coûte, en relations avec le docteur, n'en devint que plus tenace. Cette pensée l'obsédait jour et nuit. Il fallait mettre un terme à cette obsession. Par une sorte d'illusion que subissent les cerveaux surexcités, il se figurait que le calme renaîtrait en lui, s'il pouvait revoir le docteur Antékirtt, l'entretenir, connaître les motifs de son arrivée à Gravosa. Aussi cherchait-il à faire naître une occasion de le rencontrer.

Il crut l'avoir trouvée, voici à quel propos.

Depuis quelques années, Mme Toronthal souffrait d'une maladie de langueur que les médecins de Raguse étaient impuissants à combattre. Malgré leurs soins, malgré ceux dont sa fille l'entourait, Mme Toronthal, bien qu'elle ne fût point encore alitée, dépérissait visiblement. Y avait-il à cet état une cause purement morale? Peut-être bien, mais personne n'avait pu encore la pénétrer. Seul, le banquier eût été à même de dire si sa femme, connaissant tout son passé, n'avait pas un invincible dégoût pour une existence qui ne pouvait que lui faire horreur.

Quoi qu'il en soit, l'état de santé de Mme Toronthal, à peu près abandonnée des médecins de la ville, parut être au banquier l'occasion qu'il cherchait de se retrouver en présence du docteur. Une consultation demandée, une visite à faire, celui-ci ne s'y refuserait pas, sans doute, — ne fût-ce que par humanité.

Silas Toronthal écrivit donc une lettre qu'il fit porter à bord de la *Savarèna* par un de ses gens. « Il serait heureux, disait-il, d'avoir l'avis d'un médecin d'un si incontestable mérite. » Puis, tout en s'excusant du trouble que cela pouvait apporter dans une existence aussi retirée que la sienne, il priait le docteur Antékirtt « de lui indiquer le jour où il devrait l'attendre à l'hôtel du Stradone. »

Le lendemain, lorsque le docteur reçut cette lettre, dont il regarda tout d'abord la signature, pas un muscle de sa face ne tressaillit. Il la lut jusqu'à la dernière ligne, sans que rien trahît la nature des réflexions qu'elle devait lui suggérer.

Quelle réponse allait-il faire? Profiterait-il de cette occasion qui lui était offerte de pénétrer dans l'hôtel Toronthal, de se mettre en rapport avec la famille du banquier? Mais, entrer dans cette maison, même à titre de médecin, n'était-ce pas y venir dans des conditions qui ne pouvaient aucunement lui convenir?

Le docteur n'hésita pas. Il répondit par un simple billet qui fut remis au domestique du banquier. Ce billet ne contenait que ceci :

« Le docteur Antékirtt regrette de ne pouvoir donner ses soins à madame Toronthal. Il n'est pas médecin en Europe. »

Rien de plus.

Lorsque le banquier reçut cette laconique réponse, il froissa le billet avec un vif mouvement de dépit. Il était trop évident que le docteur refusait d'entrer en rapport avec lui. C'était un refus à peine déguisé, qui indiquait un parti pris chez ce singulier personnage.

« Et puis, se dit-il, s'il n'est pas médecin en Europe, pourquoi a-t-il accepté de l'être pour madame Bathory... à moins que ce ne soit à tout autre titre qu'il s'est présenté chez elle!.. Qu'y venait-il faire alors?... Qu'y a-t-il entre eux ? »

Cette incertitude rongeait Silas Toronthal, dont la vie était absolument troublée par la présence du docteur à Gravosa et le serait tant que la *Savarèna* n'aurait pas repris la mer. Du reste, il ne dit rien à sa femme ni à sa fille de l'inutile requête qu'il avait adressée. Il tint à garder pour lui le secret de ses très réelles inquiétudes. Mais il ne cessa pas de faire surveiller le docteur, de manière à être au courant de toutes ses démarches à Gravosa comme à Raguse.

Le lendemain même, un autre incident, allait

encore lui donner un nouveau sujet d'alarme non moins sérieux.

Pierre Bathory était revenu de Zara, découragé. Il n'avait pu s'entendre au sujet de la position qui lui était offerte, — une importante usine métallurgique à diriger dans l'Herzégovine.

« Les conditions n'étaient pas acceptables, » se contenta-t-il de dire à sa mère.

Mme Bathory regarda son fils, sans vouloir lui demander pourquoi ces conditions étaient inacceptables. Puis, elle lui remit une lettre, arrivée pour lui pendant son absence.

C'était la lettre par laquelle le docteur Antékirtt priait Pierre Bathory de vouloir bien passer à bord de la *Savarèna*, afin de l'entretenir d'une affaire qu'il était de son intérêt de connaître.

Pierre Bathory tendit la lettre à sa mère. Cette offre, faite par le docteur, ne pouvait la surprendre.

« Je m'y attendais, dit-elle.

— Vous vous attendiez à cette proposition, ma mère? demanda le jeune homme, assez étonné de cette réponse.

— Oui... Pierre!... Le docteur Antékirtt est venu me voir pendant ton absence.

— Savez-vous donc quel est cet homme, dont on parle depuis quelque temps à Raguse?

— Non, mon fils, mais le docteur Antékirtt connaissait ton père, il a été l'ami du comte Sandorf et du comte Zathmar, et c'est à ce titre qu'il s'est présenté chez moi.

— Mère, demanda Pierre Bathory, quelles preuves ce docteur vous a-t-il données qu'il ait été l'ami de mon père?

— Aucune! répondit Mme Bathory, qui ne voulait pas parler de l'envoi des cent mille florins, dont le docteur devait garder le secret vis-à-vis du jeune homme.

— Et si c'était quelque intrigant, quelque espion, quelque agent de l'Autriche? reprit Pierre Bathory.

— Tu le jugeras, mon fils.

— Vous me conseillez donc d'aller le voir?

— Oui, je te le conseille. Il ne faut pas négliger un homme qui veut reporter sur toi toute l'amitié qu'il a eue pour ton père.

— Mais qu'est-il venu faire à Raguse? reprit Pierre. A-t-il donc des intérêts dans le pays?

— Peut-être songe-t-il à s'en créer, répondit Mme Bathory. Il passe pour être extrêmement riche, et il est possible qu'il veuille t'offrir une situation digne de toi.

— J'irai le voir, ma mère, et je saurai ce qu'il me veut.

— Và donc dès aujourd'hui, mon fils, et rends-lui en même temps la visite que je ne peux lui rendre moi-même! »

Pierre Bathory embrassa Mme Bathory. Il la tint même longtemps serrée contre sa poitrine. On eût dit qu'un secret l'étouffait, — secret qu'il n'osait avouer, sans doute! Qu'y avait-il donc, dans son cœur, de si douloureux, de si grave, qu'il n'osât le confier à sa mère?

« Mon pauvre enfant! » murmura Mme Bathory.

Il était une heure après midi, lorsque Pierre prit le Stradone pour descendre jusqu'au port de Gravosa.

En passant devant l'hôtel Toronthal, il s'arrêta un instant, — rien qu'un instant. Ses regards se portèrent vers l'un des pavillons en retour, dont les fenêtres s'ouvraient sur la rue. Les persiennes en étaient fermées. La maison eût été inhabitée qu'elle n'aurait pas été plus close.

Pierre Bathory reprit sa marche qu'il avait plutôt ralentie qu'interrompue. Mais cela n'avait pu échapper au regard d'une femme, qui allait et venait sur le trottoir opposé du Stradone.

C'était une créature de grande taille. Son âge?... Entre quarante et cinquante ans. Sa démarche?... Mesurée, presque mécanique, comme si elle eût été

tout d'une pièce. Cette étrangère, — sa nationalité
se reconnaissait facilement à sa chevelure, brune
encore et crêpelée, à son teint coloré de Marocaine,
— était enveloppée dans une cape de couleur
sombre, dont le capuchon recouvrait sa coiffure
ornée de sequins. Etait-ce une bohémienne, une
gitane, une gypsie, une « romanichelle » comme
dit l'argot parisien, un être d'origine égyptienne ou
indoue! On n'eût pu le dire, tant ces types se
ressemblent. En tout cas, elle ne demandait pas
l'aumône et ne l'eût pas acceptée sans doute. Elle
était là pour son propre compte ou pour le compte
d'autrui, surveillant, espionnant, aussi bien ce qui
se passait à l'hôtel Toronthal que dans la maison
de la rue Marinella.

En effet, dès qu'elle eût aperçu le jeune homme
qui descendait le Stradone en se dirigeant vers
Gravosa, elle le suivit de manière à ne jamais le perdre de vue, mais assez adroitement pour que son
manège ne fut pas remarqué. Pierre Bathory, d'ailleurs, était trop absorbé pour observer ce qui se
passait derrière lui. Lorsqu'il ralentit son pas devant
l'hôtel Toronthal, cette femme ralentit le sien.
Lorsqu'il se remit en route, elle le suivit en réglant
sa marche sur la sienne.

Arrivé à la première enceinte de Raguse, Pierre

4.

Bathory la franchit assez rapidement, mais il ne distança pas l'étrangère Au dehors de la poterne, elle le retrouva sur la route de Gravosa, et, à vingt pas derrière lui, descendit l'avenue par la contre-allée plantée d'arbres.

Au même moment Silas Toronthal, en voiture découverte, revenait à Raguse. Il fallait donc nécessairement qu'il se croisât avec Pierre Bathory sur la route.

En les voyant tous deux, la Marocaine s'arrêta un instant. Peut-être pensa-t-elle que l'un allait aborder l'autre. Alors son regard s'alluma et elle chercha à se dissimuler derrière un gros arbre. Mais, si ces deux hommes se parlaient, comment pourrait-elle les entendre?

Il n'en fut rien. Silas Toronthal avait aperçu Pierre, une vingtaine de pas avant d'arriver en face de lui. Cette fois, il ne lui répondit même pas par ce salut hautain, dont il n'avait pas pu se dispenser sur le quai de Gravosa, lorsque sa fille l'accompagnait. Il détourna la tête, au moment où le jeune homme soulevait son chapeau, et sa voiture l'emporta rapidement vers Raguse.

L'étrangère n'avait rien perdu de cette scène : une sorte de sourire anima sa face impassible.

Quant à Pierre Bathory, évidemment plus attristé

qu'irrité des façons d'agir de Silas Toronthal, il continua sa route d'un pas moins rapide, sans se retourner.

La Marocaine le suivit de loin, et on eût pu l'entendre murmurer ces mots en langue arabe :

« Il est temps qu'il vienne ! »

Un quart d'heure après, Pierre arrivait sur les
quais du port de Gravosa. Pendant quelques instants, il s'arrêta pour regarder l'élégante goëlette,
dont le guidon se développait légèrement à la brise
de mer, en tête du grand mât.

« D'où peut venir ce docteur Antékirtt? se répétait-il. Voilà un pavillon qui m'est inconnu ! »

Puis, s'adressant à un pilote qui se promenait sur
le quai :

« Mon ami, savez-vous quel est ce pavillon? » lui
demanda-t-il.

Le pilote ne le connaissait pas. Tout ce qu'il pouvait dire de la goëlette, c'est que sa patente portait
qu'elle venait de Brindisi, et que ses papiers, visités
par l'officier de port, avaient été trouvés en règle.
Or, comme il s'agissait d'un yacht de plaisance,
l'autorité avait respecté son incognito.

Pierre Bathory appela alors une embarcation et
se fit conduire à bord de la *Savarèna*, pendant que
la Marocaine, extrêmement surprise, le regardait
s'éloigner.

Un instant après, le jeune homme mettait pied sur le pont de la goëlette, et demandait si le docteur Antékirtt était à bord.

Sans doute, la consigne qui défendait à tout étranger l'accès de la *Savaréna* n'était pas faite pour lui. Aussi le maître d'équipage répondit-il que le docteur se trouvait dans sa chambre.

Pierre Bathory présenta sa carte en demandant si le docteur pouvait le recevoir.

Un timonier prit la carte et descendit par l'échelle de capot, qui conduisait au salon de l'arrière.

Une minute après, ce timonier remontait en disant que le docteur attendait M. Pierre Bathory.

Le jeune homme fut aussitôt introduit dans un salon, où ne pénétrait qu'un demi-jour, tamisé par les rideaux légers de la clairevoie. Mais, lorsqu'il arriva à la porte, dont les deux battants étaient ouverts, la lumière, que renvoyaient les glaces du panneau de fond, l'éclaira vivement.

Dans la pénombre se tenait le docteur Antékirtt, assis sur un divan. A cette apparition du fils d'Étienne Bathory, il éprouva une sorte de saisissement, dont Pierre ne put s'apercevoir, et ces mots s'échappèrent pour ainsi dire de ses lèvres :

« C'est lui!... C'est tout lui! »

Et, en effet, Pierre Bathory était bien le portrait

vivant de son père, tel que le noble Hongrois avait
dû être à l'âge de vingt-deux ans : même énergie
dans les yeux, même noblesse d'attitude, même
regard, prompt à s'enthousiasmer pour le bien, le
vrai, le beau.

« Monsieur, Bathory, dit le docteur en se levant,
je suis très heureux que vous ayez bien voulu
vous rendre à l'invitation que contenait ma lettre. »

Et, sur un geste qui lui fut fait, Pierre Bathory
s'assit à l'autre angle du salon.

Le docteur, en parlant, avait employé cette
langue hongroise, qu'il savait être celle du jeune
homme.

« Monsieur, dit Pierre Bathory, je serais venu
vous rendre la visite que vous avez faite à ma
mère, quand bien même je n'aurais pas été invité
à me rendre à votre bord. Je sais que vous êtes
l'un de ces amis inconnus, auxquels est chère la
mémoire de mon père et des deux patriotes qui
sont morts avec lui!... Je vous remercie de leur
avoir conservé une place dans votre souvenir! »

En évoquant ce passé, si lointain déjà, en parlant
de son père, de ses amis le comte Mathias Sandorf et
Ladislas Zathmar, Pierre ne put cacher son émotion.

« Je vous demande pardon, monsieur! dit-il. En
me rappelant ce qu'ils ont fait, je ne puis... »

Ne sentait-il donc pas que le docteur Antékirtt était plus ému que lui, peut-être, et que s'il ne répondait pas, c'était pour ne rien laisser voir de ce qui se passait dans son âme?

« Monsieur Bathory, dit-il enfin, je n'ai point à vous pardonner une douleur si naturelle. D'ailleurs, vous êtes de sang hongrois, et quel enfant de la Hongrie serait assez dénaturé pour ne pas sentir son cœur se serrer à de tels souvenirs! A cette époque, il y a quinze ans, — oui! il y a déjà quinze ans! — vous étiez bien jeune. A peine si vous pouvez dire que vous ayez connu votre père et les événements auxquels il a pris part!

— Ma mère est un autre lui-même, monsieur! répondit Pierre Bathory. Elle m'a élevé dans le culte de celui qu'elle n'a cessé de pleurer! Tout ce qu'il a fait, tout ce qu'il a tenté, toute cette vie de dévouement envers les siens, de patriotisme envers son pays, je l'ai su par elle! Je n'avais que huit ans, lorsque mon père est mort, mais il me semble qu'il est toujours vivant, puisqu'il revit dans ma mère!

— Vous aimez votre mère comme elle mérite d'être aimée, Pierre Bathory, répondit le docteur Antékirtt, et nous, nous la vénérons comme la veuve d'un martyr! »

Pierre ne put que remercier le docteur des sentiments qu'il exprimait ainsi. Le cœur lui battait à l'entendre, et il ne remarqua même pas qu'il parlait toujours avec une sorte de froideur, naturelle ou voulue, qui semblait être le fond de son caractère.

« Puis-je vous demander, reprit-il, si vous avez personnellement connu mon père ?

— Oui, monsieur Bathory, répondit le docteur, non sans une certaine hésitation, mais je ne l'ai connu que comme un étudiant peut connaître un professeur qui fut l'un des plus distingués des Universités hongroises. J'ai fait mes études de sciences médicales et physiques dans votre pays. J'ai été l'élève de votre père, qui n'était plus âgé que moi que d'une dizaine d'années seulement. J'ai appris à l'estimer, à l'aimer, car je sentais vibrer dans ses enseignements tout ce qui en a fait plus tard un ardent patriote, et je ne le quittai qu'au moment où je dus aller finir à l'étranger des études commencées en Hongrie. Mais, peu de temps après, le professeur Étienne Bathory venait de sacrifier sa position aux idées qu'il croyait nobles et justes, sans qu'aucun intérêt privé pût l'arrêter dans la voie du devoir. C'est à cette époque qu'il abandonna Presbourg pour venir s'établir à Trieste. Votre mère l'avait soutenu de ses conseils, entouré de ses soins, pendant ce temps d'épreuves. Elle possédait toutes les vertus de la femme, comme votre père a eu toutes les vertus de l'homme. Vous me pardonnerez, monsieur Pierre, de vous rappeler ces douloureux souvenirs, et, si je l'ai fait, c'est que vous n'êtes point de ceux qui les peuvent oublier !

— Non, monsieur, non ! répondit le jeune homme avec l'enthousiasme débordant de son âge, pas plus que la Hongrie n'oubliera jamais les trois hommes qui se sont sacrifiés pour elle, Ladislas Zathmar, Étienne Bathory, et le plus audacieux peut-être, le comte Mathias Sandorf !

— S'il fut le plus audacieux, répondit le docteur, croyez que ses deux amis ne lui furent inférieurs ni en dévouement, ni en sacrifices, ni en courage ! Tous trois ont droit au même respect ! Tous trois ont le même droit à être vengés... »

Le docteur s'arrêta. Il se demandait si Mme Bathory avait fait connaître à Pierre les circonstances dans lesquelles les chefs de la conspiration avaient été livrés, si elle avait prononcé devant lui ce mot de trahison ?... Mais le jeune homme ne le releva pas.

En réalité, Mme Bathory s'était tue à ce sujet. Sans doute, elle n'avait pas voulu mettre cette haine dans la vie de son fils et le lancer peut-être sur de fausses pistes, puisque personne ne connaissait le nom des traîtres.

Le docteur se crut donc, quant à présent, obligé à la même réserve, et il n'insista pas.

Ce qu'il n'hésita pas à dire, c'est que, sans l'acte odieux de cet Espagnol qui avait livré les fugitifs recueillis dans la maison du pêcheur Andréa Ferrato, très probablement le comte Mathias Sandorf et Étienne Bathory eussent échappé à la poursuite des agents de Rovigno. Et, une fois au delà des frontières autrichiennes, en n'importe quelle contrée, toutes les portes se fussent ouvertes pour les recevoir.

« Chez moi, ajouta-t-il, ils auraient trouvé un refuge qui ne leur eût jamais fait défaut !

— En quel pays, monsieur? demanda Pierre.

— A Céphalonie, où je demeurais à cette époque.

— Oui! dans ces îles Ioniennes, sous la protection du pavillon grec, ils auraient été sauvés, et mon père vivrait encore ! »

Pendant quelques instants, la conversation fut interrompue par ce retour vers le passé. Mais le docteur la reprit en disant :

« Monsieur Pierre, nos souvenirs nous ont emportés bien loin du présent ! Voulez-vous que nous

5

en parlions maintenant, et surtout de l'avenir, que
j'entrevois pour vous ?

— Je vous écoute, monsieur, répondit Pierre.
Dans votre lettre vous m'avez fait comprendre qu'il
s'agissait de mes intérêts, peut-être...

— En effet, monsieur Bathory, et si je n'ignore
pas quel a été le dévouement de votre mère pendant la jeunesse de son fils, je sais aussi que vous
avez été digne d'elle, et qu'après de si rudes
épreuves, vous êtes devenu un homme...

— Un homme ! répondit Pierre Bathory, non
sans amertume. Un homme qui n'a pas encore pu
se suffire à lui-même, ni rendre à sa mère ce
qu'elle a fait pour lui !

— Sans doute, répondit le docteur, mais la
faute n'en est point à vous. Combien il est difficile
de se faire une situation au milieu de cette concur-
rence qui met tant de rivaux à se disputer si peu
de places; je ne puis l'ignorer. Vous êtes ingénieur ?

— Oui, monsieur ! Je suis sorti des Écoles avec
ce titre, mais ingénieur libre, n'ayant aucune
attache avec l'État. J'ai donc dû chercher à me
placer dans quelque société industrielle, et, jusqu'ici, je n'ai rien trouvé qui pût me convenir —
du moins à Raguse.

« — Et au dehors?...

— Au dehors!... répondit Pierre Bathory en hésitant un peu devant la question.

— Oui!... N'est-ce pas à propos d'une affaire de ce genre que vous êtes allé à Zara, il y a quelques jours?

— On m'avait parlé, en effet, d'une situation que pouvait m'offrir une société métallurgique.

— Et cette place?...

— On me l'a offerte!

— Et vous ne l'avez pas acceptée?...

— J'ai dû la refuser parce qu'il s'agissait d'aller s'établir définitivement en Herzégovine....

— En Herzégovine? Où madame Bathory n'aurait peut-être pu vous accompagner?...

— Ma mère, monsieur, m'aurait suivi partout où mon intérêt m'eût obligé d'aller.

— Eh bien, pourquoi ne pas avoir accepté cette place? reprit le docteur en insistant.

— Monsieur, répondit le jeune homme, dans les circonstances où je me trouve, j'ai des raisons sérieuses pour ne point quitter Raguse! »

Le docteur, pendant qu'il lui faisait cette réponse, avait remarqué un certain embarras dans l'attitude de Pierre Bathory. Sa voix tremblait en exprimant ce désir, — mieux que ce désir, — cette résolution de ne pas abandonner Raguse. Quel était donc le si grave motif pour lequel il refusait les propositions qui lui avaient été faites?

« Voilà qui rendra inacceptable, reprit le docteur Antékirtt, l'affaire dont je voulais vous parler.

— Il s'agissait de partir?...

— Oui... pour un pays où je fais exécuter des travaux considérables que j'aurais été heureux de mettre sous votre direction.

— Je le regrette, monsieur, mais croyez que si j'ai pris cette résolution....

— Je le crois, monsieur Pierre, et je le regrette plus que vous, peut-être! J'aurais été si heureux de pouvoir reporter sur vous toute l'affection que j'avais pour votre père! »

Pierre Bathory ne répondit pas. En proie à une lutte intérieure, il était visible qu'il souffrait — et beaucoup. Le docteur sentait qu'il eût voulu parler et qu'il n'osait le faire. Mais enfin une irrésistible impulsion poussa Pierre Bathory vers cet homme, qui montrait tant de sympathie pour sa mère et pour lui.

« Monsieur... monsieur!... dit-il avec une émotion qu'il ne cherchait pas à dissimuler. Non!... Ne croyez pas qu'un caprice, un entêtement, me font vous répondre par un refus!... Vous m'avez parlé comme un ami d'Étienne Bathory!... Vous voulez reporter toute cette amitié sur moi!... Moi aussi, je le sens, bien que je ne vous connaisse que depuis quelques instants... Oui! j'éprouve pour vous, monsieur, toute l'affection que j'aurais eue pour mon père!...

— Pierre!... mon enfant! s'écria le docteur en saisissant la main du jeune homme.

— Oui! monsieur!... reprit Pierre Bathory, et je vous dirai tout!... J'aime une jeune fille de cette ville!... Entre nous deux, il y a l'abîme qui sépare la pauvreté de la richesse!... Mais je n'ai pas voulu voir cet abîme, et peut-être, elle aussi, ne l'a-t-elle pas vu! Si rarement que je puisse l'apercevoir soit dans la rue, soit à sa fenêtre, c'est un bonheur auquel je n'aurais pas la force de renoncer!... A l'idée qu'il me faudrait partir, et partir pour longtemps, je deviendrais fou!... Ah!... monsieur... comprenez-moi... et pardonnez-moi de refuser...

— Oui, Pierre! répondit le docteur Antékirtt, je vous comprends, et je n'ai rien à vous pardonner! Vous avez bien fait de me parler en toute franchise, et voilà une circonstance qui change bien les choses!... Votre mère sait-elle ce que vous venez de m'apprendre?

5.

— Je ne lui ai encore rien dit, monsieur! Je n'ai pas osé, parce que, dans notre modeste position, peut-être eût-elle eu la sagesse de m'ôter tout espoir!... Mais peut-être a-t-elle deviné et compris ce que je souffrais... ce que je devais souffrir!

— Pierre, dit le docteur vous avez mis votre confiance en moi, et vous avez eu raison!... Cette jeune fille est riche?...

— Très riche!... Trop riche! répondit le jeune homme. Oui! trop riche pour moi!

— Elle est digne de vous?

— Ah! monsieur, aurais-je pensé à donner à ma mère une fille qui ne fût pas digne d'elle?

— Eh bien, Pierre, reprit le docteur, peut-être n'y a-t-il pas d'abîme qui ne puisse être franchi!

— Monsieur, s'écria le jeune homme, ne me donnez pas un espoir irréalisable!

— Irréalisable! »

Et l'accent avec lequel le docteur Antékirtt prononça ce mot indiquait une telle confiance en lui-même, que Pierre Bathory fut comme transformé, qu'il se crut maître du présent, maître de l'avenir.

« Oui, Pierre, reprit le docteur, ayez confiance en moi!... Lorsque vous le jugerez convenable, et pour que je puisse agir, vous me direz le nom de cette jeune fille...

« — Monsieur, répondit Pierre Bathory, pourquoi vous le cacherais-je?... C'est mademoiselle Toronthal! »

L'effort que dût faire le docteur pour rester calme en entendant ce nom détesté, ce fut celui d'un homme aux pieds duquel tombe la foudre et qui ne tressaille même pas. Un instant, — quelques secondes seulement, — il resta immobile et muet.

Puis, sans que sa voix trahît aucune émotion :

« Bien, Pierre, bien! dit-il. Laissez-moi songer à tout ceci!... Laissez-moi voir...

— Je me retire, monsieur, répondit le jeune homme, en serrant la main que lui tendait le docteur, et permettez-moi de vous remercier comme je remercierais mon père! »

Pierre Bathory quitta le salon dans lequel le docteur demeura seul, il remonta sur le pont, reprit son canot qui l'attendait à la coupée, se fit débarquer au môle, et reprit la route de Raguse.

L'étrangère, qui l'avait attendu pendant toute sa visite à bord de la *Savarèna*, se remit à le suivre.

Pierre Bathory sentait en lui-même comme un immense apaisement. Enfin son cœur s'était ouvert! Il avait pu se confier à un ami... plus qu'un ami, peut-être! Il était dans un de ces jours heureux, dont la fortune se montre si avare ici-bas!

Et comment en aurait-il douté, lorsqu'en passant devant l'hôtel du Stradone, à l'une des fenêtres du pavillon il vit un coin du rideau se soulever légèrement, puis retomber aussitôt?

Mais l'étrangère, elle aussi, avait vu ce mouvement, et, jusqu'au moment où Pierre Bathory eut disparu en tournant la rue Marinella elle resta immobile devant l'hôtel. Puis, elle se rendit au bureau du télégraphe, et lança une dépêche qui ne contenait que ce mot :

« Viens ! »

L'adresse de cette dépêche était ainsi libellée :
« Sarcany, bureau restant, Syracuse, Sicile. »

VI

LES BOUCHES DE CATTARO.

Ainsi, la fatalité, qui joue un rôle prédominant dans les événements de ce monde, avait réuni en cette même ville de Raguse la famille Bathory et la famille Toronthal. Non seulement elle les avait réunies, mais, rapprochées l'une de l'autre, elles habitaient ce même quartier du Stradone. Puis, Sava Toronthal et Pierre Bathory s'étaient vus, rencontrés, aimés, — Pierre, le fils de l'homme qu'une délation avait envoyé à la mort, Sava, la fille de l'homme qui avait été le délateur!

Voilà ce que se disait le docteur Antékirtt, après que le jeune ingénieur l'eut quitté.

« Et Pierre s'en va plein d'espoir, répétait-il, et cet espoir qu'il n'avait pas encore, c'est moi qui viens de le lui donner! »

Le docteur était-il homme à entreprendre une lutte sans merci contre cette fatalité? Se sentait-il la puissance de disposer à son gré des choses humaines? Cette force, cette énergie morale qu'il faut pour mâter la destinée, ne lui manquerait-elle pas?

« Non! je lutterai! s'écria-t-il. Un tel amour est odieux, criminel! Que Pierre Bathory, devenu le mari de la fille de Silas Toronthal, apprenne un jour la vérité, il ne pourrait même plus venger son père! Il n'aurait plus qu'à se tuer de désespoir! Aussi je lui dirai tout, s'il le faut!... Je lui dirai ce que cette famille a fait à la sienne!... Cet amour, n'importe comment, je le briserai! »

En effet, une telle union eût été monstrueuse.

On ne l'a pas oublié : dans sa conversation avec Mme Bathory, le docteur Antékirtt avait raconté que les trois chefs de la conspiration de Trieste avaient été victimes d'une machination abominable, qui s'était révélée au cours des débats, et qu'une indiscrétion d'un des gardiens du donjon de Pisino lui avait fait connaître.

On sait encore que Mme Bathory, et pour certaines raisons, n'avait encore rien dit de cette trahison à son fils. D'ailleurs, elle n'en connaissait pas les auteurs. Elle ignorait que l'un d'eux, riche et considéré, demeurât à Raguse, à quelques pas, dans le Stradone. Le docteur ne les lui avait pas nommés. Pourquoi? Sans doute, parce que l'heure n'était pas venue de les démasquer. Mais il les connaissait. Il savait que Silas Toronthal était l'un de ces traîtres et Sarcany, l'autre. Et, s'il n'avait pas été plus loin dans ses confidences, c'est qu'il comptait sur le concours de Pierre Bathory, c'est qu'il voulait associer le fils à l'œuvre de justice qui devait atteindre les meurtriers de son père, et venger avec lui ses deux compagnons, Ladislas Zathmar et le comte Mathias Sandorf!

Et voilà ce qu'il ne pouvait plus dire au fils d'Etienne Bathory, sans le frapper au cœur!

« Peu importe! répéta-t-il. Ce cœur, je le briserai. »

Ce parti bien arrêté, comment agirait le docteur Antékirtt? Révéler à Mme Bathory ou à son fils le passé du banquier de Trieste? Mais possédait-il les preuves matérielles de sa trahison? Non, puisque Mathias Sandorf, Etienne Bathory et Ladislas Zathmar, les seuls qui eussent jamais eu ces preuves, étaient morts. Répandre dans la ville le bruit de cet acte abominable, sans en prévenir la famille Bathory? Oui, cela eût suffi, sans doute, à creuser un nouvel abîme entre Pierre et la jeune

fille, — abîme infranchissable, cette fois. Mais ce
secret divulgué, n'était-il pas à craindre que Silas
Toronthal ne cherchât à quitter Raguse?

Or, le docteur ne voulait pas que le banquier
disparût. Il fallait que le traître restât à la disposition du justicier, lorsque viendrait l'heure de la
justice.

Et, à ce propos, les événements devaient tourner
tout autrement qu'il ne l'imaginait.

Après avoir pesé le pour et le contre de la
question, le docteur, n'étant pas en mesure d'agir
directement contre Silas Toronthal, résolut d'aller
au plus pressé. Avant tout, il fallait arracher Pierre
Bathory de cette ville, où l'honneur de son nom
était en péril. Oui! Il saurait l'entraîner si loin que
personne ne pourrait retrouver ses traces. Quand
il le tiendrait en son pouvoir, il lui dirait tout ce
qu'il savait de Silas Toronthal et de Sarcany, son
complice; il l'associerait à son œuvre. Mais il n'avait
pas un seul jour à perdre.

C'est dans ce but qu'une dépêche du docteur fit
venir de son port d'attache aux bouches de Cattaro,
dans le sud de Raguse, sur l'Adriatique, l'un de ses
plus rapides engins de locomotion. C'était un de ces
prodigieux Thornycrofts, qui ont servi de modèles
aux torpilleurs modernes. Ce long fuseau d'acier,

long de quarante et un mètres, jaugeant soixante-
dix tonneaux, sans mât ni cheminée, portant simplement une plate-forme extérieure et une cage
métallique, avec hublots lenticulaires, destinée à
l'homme de barre, hermétiquement fermée quand
l'état de la mer l'exigeait, pouvait, se glisser entre
deux eaux, sans perdre ni temps ni route à suivre
les ondulations de la houle. Aussi, d'une marche
supérieure à tous les torpilleurs de l'Ancien et du
Nouveau Monde, enlevait-il aisément ses cinquante
kilomètres à l'heure. Grâce à cette vitesse excessive,
en mainte occasion déjà, le docteur avait pu accomplir des traversées extraordinaires. De là, ce don
d'ubiquité qu'on lui avait attribué, quand, à de très
courts intervalles de temps, il accourait du fond de
l'Archipel aux dernières limitesde la mer des Syrtes.

Toutefois, une notable différence entre les Thornycrofts et les appareils du docteur, c'est qu'au
lieu de la vapeur surchauffée, c'était l'électricité
qu'il employait à les mouvoir au moyen de puis-
sants accumulateurs, inventés par lui, et dans lesquels il pouvait emmagasiner ce fluide sous une
tension pour ainsi dire infinie. Aussi ces rapides
engins portaient-ils le nom d'*Electrics*, avec un
simple numéro d'ordre. Tel était l'*Electric* 2, qui
venait d'être mandé aux bouches de Cattaro.

G

Puis, ces ordres donnés, le docteur attendit le moment d'agir. En même temps, il prévint Pointe Pescade et Cap Matifou qu'il aurait très prochaine-ment besoin de leurs services.

Si les deux amis furent heureux d'avoir enfin à faire preuve de dévouement, il est inutile d'y insister.

Un nuage, un seul, jeta quelque ombre sur la joie avec laquelle ils accueillirent cette proposition.

Pointe Pescade devait rester à Raguse, afin de surveiller l'hôtel du Stradone et la maison de la rue Marinella, tandis que Cap Matifou allait suivre à Cattaro le docteur Antékirtt. Ce serait donc une séparation, — la première, depuis tant d'années que ces deux compagnons de misère avaient vécu côte à côte! De là, une touchante inquiétude de Cap Matifou, en songeant qu'il n'aurait plus près de lui son petit Pescade.

« Patience, mon Cap, patience! lui dit Pointe Pescade. Ça ne durera pas! Le temps de jouer la pièce, et ce sera fait! Car, si je ne me trompe, c'est une fameuse pièce que l'on prépare, et avec un non moins fameux directeur, qui nous y réserve un fameux rôle à chacun!... Crois-moi! Tu ne te plaindras pas du tien!

— Tu penses?

— J'en suis sûr! Ah! pas les amoureux, par exemple! Ce n'est pas dans ta nature, bien que tu sois sentimental en diable! Pas les traîtres non plus! Tu as une trop bonne grosse figure pour cela!... Non, tu seras le bon génie qui vient au dénouement punir le vice et récompenser la vertu!...

— Comme dans les parades?... répondit Cap Matifou.

— Comme dans les parades! Oui! Je te vois dans ce rôle-là, mon Cap! Au moment où le traître s'y attend le moins, tu apparais avec tes larges mains ouvertes, et tu n'as qu'à les refermer pour amener le dénouement!... Si le rôle n'est pas long, il est sympathique, et quels bravos, quel argent tu feras par dessus le marché!

— Oui, sans doute, répondit l'Hercule, mais, en attendant, il va falloir se séparer!

— Oh! pour quelques jours! Seulement, promets-moi de ne pas te laisser dépérir pendant mon absence! Fais bien exactement tes six repas et engraisse, mon Cap!... Et, maintenant, serre-moi dans tes bras, ou plutôt fais semblant, comme au théâtre, car tu risquerais de m'étouffer!... Ah! dame, il faut prendre l'habitude de jouer la comédie en ce monde!... Embrasse-moi encore une fois, et n'oublie pas ton petit Pointe Pescade, qui n'oubliera jamais son gros Cap Matifou ! »

Tels furent les émouvants adieux de ces deux amis, lorsqu'ils durent se séparer l'un de l'autre. Vraiment, Cap Matifou avait le cœur oppressé dans son énorme poitrine, quand il se retrouva seul à bord de la *Savarèna*. Le jour même, par ordre du docteur, son compagnon s'était installé à Raguse, avec mission de ne point perdre de vue Pierre Ba- thory, de surveiller l'hôtel Toronthal et de se tenir au courant de tout.

Pendant ces longues heures que Pointe Pescade allait passer dans le quartier du Stradone, il aurait dû se rencontrer avec cette étrangère, qui avait été certainement chargée de la même mission que lui. Et, sans doute, cette rencontre se fût produite, si la Marocaine, après avoir lancé sa dépêche n'eût quitté Raguse pour se rendre en un lieu de rendez- vous, convenu d'avance, où Sarcany devait la re- joindre. Pointe Pescade ne fut donc point gêné dans ses opérations, et put remplir ce mandat de con- fiance avec son intelligence habituelle.

Certes, Pierre Bathory n'aurait jamais imaginé qu'il fût surveillé de si près, ni deviné qu'aux yeux de cette espionne se fussent substitués les yeux de Pointe Pescade. Après sa conversation avec le docteur, après l'aveu qu'il lui avait fait, il s'était senti plus confiant. Pourquoi, maintenant, eût-il caché à sa mère quoi que ce fût de l'entretien qu'il venait d'avoir à bord de la *Savaréna*? N'aurait-elle pas lu dans son regard et jusque dans son âme? N'eût-elle pas compris qu'un changement venait de se faire en lui, que le chagrin, le désespoir avaient fait place à l'espérance et au bonheur?

Pierre Bathory avoua donc tout à sa mère. Il lui dit quelle était cette jeune fille qu'il aimait, comment c'était pour elle qu'il avait refusé de quitter Raguse. Peu importait sa situation à lui! Le docteur Antékirtt ne lui avait-il pas dit d'espérer!

« Voilà donc pourquoi tu souffrais tant, mon enfant! répondit Mme Bathory. Que Dieu te vienne en aide, et qu'il reporte sur toi tout le bonheur qui nous a manqué jusqu'ici! »

Mme Bathory vivait très retirée dans sa maison de la rue Marinella. Elle n'en sortait que pour aller à la messe avec son vieux serviteur, lorsqu'elle accomplissait ses devoirs religieux avec cette piété pratiquante et austère des Hongroises catholiques. Elle n'avait jamais entendu parler de la famille Toronthal. Jamais son regard ne s'était même levé sur cet hôtel, devant lequel elle passait, quand elle se rendait à l'église du Rédempteur, qui dépend du couvent des Franciscains, situé pres que à l'entrée du Stradone. Elle ne connaissait donc point la fille de l'ancien banquier de Trieste.

Il fallut que Pierre la lui dépeignît moralement et physiquement, qu'il lui dît où il l'avait vue pour la première fois, comment il ne pouvait douter que son amour fût partagé. Et tous ces détails, il les donna avec une ardeur que Mme Bathory ne fut point surprise de trouver en l'âme tendre et passionnée de son fils.

Mais, lorsque Pierre lui apprit quelle était la situation de la famille Toronthal, lorsqu'elle sut que cette jeune fille serait une des plus riches héritières de Raguse, elle ne put dissimuler ses inquiétudes. Le banquier consentirait-il jamais à ce que son unique enfant devînt la femme d'un jeune homme sans fortune, sinon sans avenir?

Toutefois, Pierre ne trouva pas nécessaire d'insister sur la froideur, sur le dédain même, avec lequel Silas Toronthal l'avait jusqu'alors accueilli. Il se contenta de répéter les paroles du docteur. Celui-ci lui avait affirmé qu'il pouvait, qu'il devait avoir confiance en l'ami de son père, qu'il se sentait pour lui une affection quasi paternelle. — ce dont Mme Bathory ne pouvait douter, sachant ce qu'il avait déjà voulu faire pour elle et les siens!

Enfin, comme son fils, comme Borik, qui crut devoir donner son avis, elle ne se refusa pas à espérer, et il y eut un peu de bonheur dans l'humble maison de la rue Marinella.

Puis, Pierre Bathory éprouva encore cette joie de revoir Sava Toronthal, le dimanche suivant, à l'église des Franciscains. La physionomie de la jeune fille, toujours un peu triste, s'anima, quand elle aperçût Pierre qui était comme transfiguré. Tous deux se parlèrent ainsi du regard, et se comprirent. Et quand Sava rentra à l'hôtel, vivement impressionnée, elle emportait une part de ce bonheur qu'elle avait si visiblement lu sur le visage du jeune homme.

Cependant, Pierre n'avait point revu le docteur. Il attendait une invitation de retourner à bord de la goëlette. Quelques jours s'écoulèrent, mais aucune lettre ne vint lui donner un nouveau rendez-vous.

« Sans doute, pensa-t-il, le docteur aura voulu prendre des informations !... Il sera venu ou il aura envoyé à Raguse pour avoir quelques renseignements sur la famille Toronthal !... Peut-être même a-t-il tenu à connaître Sava !... Oui ! Il n'est pas impossible qu'il ait déjà vu son père, qu'il l'ait pressenti à ce sujet !... Pourtant, une ligne de lui, rien qu'un mot, m'aurait fait bien plaisir, — surtout si ce mot avait été : Venez! »

Le mot n'arriva pas. Cette fois, Mme Bathory ne parvint pas sans peine à calmer les impatiences de son fils. Il se désespérait, et, maintenant, ce fut à elle de lui rendre un peu d'espoir, bien qu'elle ne fût pas sans inquiétudes. La maison de la rue Marinella était ouverte au docteur, il ne pouvait l'ignorer, et même sans ce nouvel intérêt qu'il portait à Pierre, l'intérêt que lui inspirait cette famille, pour laquelle il avait déjà manifesté tant de sympathie, n'eût-il pas dû suffire à l'attirer?

Il arriva donc que Pierre, après avoir compté les jours et les heures, n'eut plus la force de résister. Il lui fallait à tout prix revoir le docteur Antékirtt. Une invincible force le poussait vers Gravosa. Une fois à bord de la goëlette, on comprendrait son impatience, on excuserait sa démarche, même si elle était prématurée.

Le 7 juin, dès huit heures du matin, Pierre Bathory quitta sa mère, sans lui rien dire de ses projets. Il sortit de Raguse et gagna Gravosa d'un pas rapide que Pointe Pescade aurait eu quelque peine à suivre, s'il n'eût été si alerte. Arrivé sur le quai, en face du poste de mouillage qu'occupait la *Savarèna* à sa dernière visite, il s'arrêta.

La *Savarèna* n'était plus dans le port.

Pierre chercha du regard, si elle n'avait pas changé de place... Il ne l'aperçut pas.

A un marin qui se promenait sur le quai, il demanda ce qu'était devenue la goëlette du docteur Antékirtt.

La *Savarnèa* avait appareillé la veille au soir, lui fut-il répondu, et de même qu'on ignorait d'où elle était venue, on ne savait pas davantage où elle était allée.

La goëlette partie! Le docteur Antékirtt aussi mystérieusement disparu qu'arrivé!

Pierre Bathory reprit le chemin de Raguse, cette fois, plus désespéré que jamais.

Certes, si une indiscrétion avait pu révéler au jeune homme que la goëlette avait fait voile pour Cattaro, il n'eût pas hésité à l'y rejoindre. Mais, en réalité, ce voyage aurait été inutile. La *Savarèna*, arrivée devant les bouches, n'y était point entrée. Le docteur, accompagné de Cap Matifou, s'était fait mettre à terre par une des embarcations du bord; puis, le yacht avait aussitôt repris la mer pour une destination inconnue.

Il n'est pas de plus curieux endroit en Europe, et peut-être dans tout l'Ancien Continent, que cette disposition, à la fois orographique et hydrogra-

phique, qui est connue sous le nom de Bouches de
Cattaro.

Cattaro n'est point un fleuve, comme on serait
tenté de le croire : c'est une ville, siège d'un évêché,
dont on a fait la capitale d'un Cercle. Quant aux
bouches, elles comprennent six baies, disposées à
la suite l'une de l'autre, communiquant entre elles
par d'étroits canaux, et que l'on peut traverser en
six heures. De ce chapelet de petits lacs, qui s'égrène
à travers les montagnes du littoral, le dernier grain,
situé au pied du mont Norri, indique la limite de
l'empire d'Autriche. Au delà commence l'empire
Ottoman.

C'est à l'entrée des bouches que le docteur s'était
fait débarquer, après une traversée rapide. Là, un
rapide canot à moteur électrique l'attendait pour le
conduire à l'extrême baie. Après avoir doublé la
pointe d'Ostro, passé devant Castel-Nuovo, entre
deux panoramas de villes et de chapelles, devant
Stolivo, devant Perasto, célèbre lieu de pèlerinage,
devant Risano, où les costumes dalmates se mélan-
gent déjà aux costumes turcs et albanais, il arriva
de lac en lac au dernier cirque, dans le fond duquel
est bâtie Cattaro.

L'*Electric* 2 était mouillé à quelques encâblures
de la ville, sur ces eaux, endormies et sombres,

que pas une ride ne troublait pendant cette belle
soirée de juin.

Mais ce ne fut point à bord que le docteur alla
prendre logement. Sans doute, pour les nécessités
de ses projets ultérieurs, il ne voulait pas que l'on
sût que ce rapide appareil de locomotion lui appar-
tenait. Aussi débarqua-t-il à Cattaro même, avec
l'intention de descendre dans l'un des hôtels de la
ville, où Cap Matifou devait l'accompagner.

Quant au canot qui les avait amenés tous deux,
il se perdit au milieu de l'obscurité, sur la droite
du port, au fond d'une petite anse, où il devait rester invisible. Là, à Cattaro, le docteur allait être
aussi inconnu que s'il eût été se réfugier dans le
plus obscur coin du monde. C'est à peine si les Boc-
chais, les habitants de ce riche district de la Dalmatie, qui sont Slaves d'origine, devaient remarquer
la présence d'un étranger parmi eux.

A la voir de la baie, on dirait que la ville de Cattaro est construite en creux dans l'épaisseur du
mont Norri. Ses premières maisons bordent un quai,
conquis sur la mer, sans doute, au fond de l'angle
aigu du petit lac, dont la pointe s'enfonce dans le
massif montagneux. C'est à la pointe de cet enton-
noir, d'un aspect très riant, avec ses beaux arbres
et ses arrière-plans de verdure, que les paquebots,

principalement ceux du Lloyd, et les grands caboteurs de l'Adriatique viennent accoster.

Dès le soir même, le docteur s'occupa de trouver
un logement. Cap Matifou l'avait suivi, sans même
demander où il venait de débarquer. Que ce fût en
Dalmatie ou en Chine, peu lui importait. Comme
un chien fidèle, il allait où allait son maître. Il
n'était qu'un outil, une machine obéissante, machine
à tourner, machine à forer, machine à percer, que
le docteur se réservait de mettre en jeu, dès qu'il le
jugerait nécessaire.

Tous deux, après avoir dépassé les quinconces du
quai, franchirent l'enceinte fortifiée de Cattaro;
puis, ils s'engagèrent à travers une série de rues
étroites et montantes, dans lesquelles fourmille une
population de quatre à cinq mille habitants. C'était
le moment où l'on refermait la Porte de Mer, —
porte qui ne reste ouverte que jusqu'à huit heures
du soir, excepté le jour où arrivent les paquebots.

Le docteur eut bientôt reconnu qu'il ne se trouvait
pas un seul hôtel dans la ville. Il fallait donc s'en-
quérir d'un logeur, qui consentirait à louer un appartement, — ce que d'ailleurs les propriétaires de Cattaro font volontiers, non sans profit.

Le logeur se trouva, le logement aussi. Le docteur fut bientôt installé dans une rue assez propre,

au rez-de-chaussée d'une maison suffisante pour lui et pour son compagnon. Tout d'abord, il fut convenu que Cap Matifou serait nourri par le propriétaire, et, bien que celui-ci eût fait des prix excessifs que justifiait l'énormité de son nouvel hôte, l'affaire fut réglée à la satisfaction des parties contractantes.

Quant au docteur Antékirtt, il se réservait le droit de prendre ses repas au dehors.

Le lendemain, après avoir laissé Cap Matifou libre d'employer son temps comme il le voudrait, le docteur commença sa promenade en allant à la poste, où lettres ou dépêches devaient lui être adressées sous des initiales convenues. Rien n'était encore arrivé à son adresse. Il sortit alors de la ville, dont il voulait observer les environs. Il ne tarda pas à trouver un restaurant passable, dans lequel se réunit le plus ordinairement la société cattarine, officiers et fonctionnaires autrichiens, qui se considèrent là comme en exil, pour ne pas dire en prison.

Le docteur n'attendait plus maintenant que le moment d'agir. Voici quel était son plan.

Il s'était décidé à faire enlever Pierre Bathory. Mais, cet enlèvement, à bord de la goëlette, pendant sa relâche à Raguse, eût été difficile. Le jeune ingénieur était connu à Gravosa, et comme l'attention publique avait été attirée sur la *Savarèna* ainsi que sur son propriétaire, l'affaire, en admettant qu'elle réussît, se serait rapidement ébruitée. Or, le yacht n'était qu'un bâtiment à voiles, et, si quelque steamer du port se fût mis à sa poursuite, il l'aurait rapidement gagné de vitesse.

A Cattaro, au contraire, l'enlèvement pourrait s'opérer dans des conditions infiniment meilleures. Rien de plus aisé que d'y attirer Pierre Bathory. Sur un mot du docteur, envoyé à son adresse, il n'était pas douteux qu'il n'accourût immédiatement. Là, il était aussi inconnu que le docteur lui-même, et dès qu'il serait à bord, l'*Electric* prendrait la mer, Pierre Bathory apprendrait alors tout ce qu'il ignorait du passé de Silas Toronthal, et l'image de Sava s'effacerait devant le souvenir de son père.

Tel était ce plan d'une exécution très simple. Deux ou trois jours encore, — dernier délai que s'était fixé le docteur, — l'œuvre serait accomplie : Pierre serait à jamais séparé de Sava Toronthal.

Le lendemain, 9 juin, arriva une lettre de Pointe Pescade. Elle mandait qu'il n'y avait absolument rien de nouveau du côté de l'hôtel du Stradone. Quant à Pierre Bathory, Pointe Pescade ne l'avait plus revu depuis le jour où il s'était rendu à Gravosa, douze heures avant l'appareillage de la goëlette.

Cependant, Pierre ne pouvait avoir quitté Raguse, et, très certainement, il restait renfermé dans la maison de sa mère. Pointe Pescade supposait, — et il ne se trompait pas, — que le départ de la *Savarèna* devait avoir amené cette modification dans les habitudes du jeune ingénieur, d'autant plus qu'après ce départ, il était rentré chez lui, désespéré.

Le docteur résolut d'agir dès le lendemain, en écrivant une lettre à l'adresse de Pierre Bathory, — lettre qui l'inviterait à venir le trouver immédiatement à Cattaro.

Un événement très inattendu allait changer ces projets et permettre au hasard d'intervenir pour arriver au même but.

Le soir, vers huit heures, le docteur se trouvait sur le quai de Cattaro, lorsqu'on signala l'arrivée du paquebot *Saxonia*.

Le *Saxonia* venait de Brindisi, où, après avoir fait escale, il avait pris des passagers. De là, il se rendait à Trieste, en touchant à Cattaro, à Raguse, à Zara et autres ports de la côte autrichienne sur l'Adriatique.

Le docteur se tenait près de l'appontement, qui sert à l'embarquement et au débarquement des voyageurs, quand, aux dernières lueurs du jour, son regard fut comme immobilisé par la vue d'un voyageur, dont on transportait les bagages sur le quai.

Cet homme, âgé d'une quarantaine d'années environ, l'air hautain, impudent même, donnait ses
ordres à voix haute. C'était un de ces personnages
que l'on sent mal élevés, même quand ils sont polis.

« Lui !... ici... à Cattaro ! »

Ces mots se seraient échappés des lèvres du docteur, s'il ne les eût retenus, non sans peine, et en
réprimant le mouvement de colère qui enflamma
son regard.

Ce passager était Sarcany. Quinze ans s'étaient
écoulés depuis l'époque où il remplissait les fonctions de comptable dans la maison du comte Zathmar. Ce n'était plus, au moins par le costume,
l'aventurier que l'on a vu errer dans les rues de
Trieste au commencement de ce récit. Il portait un
élégant habit de voyage sous un cache-poussière
à la dernière mode, et ses malles, avec leurs cuivres
multiples, indiquaient que l'ancien courtier de la
Tripolitaine avait des habitudes de confort.

Depuis quinze ans, d'ailleurs, Sarcany n'était pas
sans avoir mené une existence de plaisirs et de luxe,
grâce à l'énorme part qui lui avait été attribuée sur
la moitié de la fortune du comte Sandorf. Que lui
en restait-il? Ses meilleurs amis, s'il en avait, n'auraient pu le dire. En tout cas, son visage portait

des signes de préoccupation, d'inquiétude même, dont la cause eût été difficile à discerner au fond de cette nature si fermée.

« D'où vient-il?... Où va-t-il? » se demandait le docteur, qui ne le perdait pas de vue.

D'où venait Sarcany, il fut aisé de le savoir en interrogeant le commissaire du *Saxonia*. Ce passager avait pris le paquebot à Brindisi. Mais arrivait-il de la haute ou de la basse Italie? on ne le savait pas. En réalité, il venait de Syracuse. Sur la dépêche de la Marocaine, il avait immédiatement quitté la Sicile pour se rendre à Cattaro.

C'était à Cattaro, en effet, antérieurement pris comme lieu de rendez-vous, que l'attendait cette femme, dont la mission semblait être terminée à Raguse.

L'étrangère était là, sur le quai, attendant l'arrivée du paquebot. Le docteur l'aperçut; il vit Sarcany aller à elle, il put même entendre ces mots qu'elle lui dit en arabe et qu'il comprit :

« Il était temps ! »

Sarcany ne répondit que d'un signe de tête. Puis, après avoir surveillé la mise en consigne de ses bagages à la douane, il entraîna la Marocaine vers la droite, de manière à contourner l'enceinte de la ville, sans y entrer par la Porte de Mer.

7.

Le docteur eut un mouvement d'hésitation. Sarcany allait-il lui échapper? Devait-il le suivre?

En se retournant, il aperçut Cap Matifou, qui, comme un bon badaud, regardait le débarquement et l'embarquement des passagers du *Saxonia*. Il ne fit qu'un geste : l'Hercule arriva aussitôt.

« Cap Matifou, lui dit-il en montrant Sarcany qui s'éloignait, tu vois cet homme?

— Oui.

— Si je te dis de t'en emparer, tu le feras?

— Oui.

— Et tu le mettras hors d'état de s'enfuir, s'il résiste ?

— Oui.

— Souviens-toi que je veux l'avoir vivant !

— Oui! »

Cap Matifou ne faisait pas de phrases, mais il avait le mérite de n'en parler que plus clairement. Le docteur pouvait compter sur lui. Ce qu'il avait reçu ordre de faire, il le ferait.

Quant à la Marocaine, il suffirait de l'attacher, de la bâillonner, de la jeter dans quelque coin. Avant qu'elle eût pu donner l'alarme, Sarcany serait à bord de l'*Electric*.

L'obscurité, bien qu'elle ne fût pas profonde encore, devait faciliter l'exécution de ce projet.

Cependant Sarcany et l'étrangère continuaient à suivre l'enceinte de la ville, sans s'apercevoir qu'ils étaient épiés et suivis. Ils ne se parlaient pas encore. Ils ne voulaient le faire, sans doute, que dans quelque endroit où ils savaient trouver un abri sûr. Ils arrivèrent ainsi près de la Porte du Midi, ouverte sur la route qui conduit de Cattaro aux montagnes de la frontière autrichienne.

Là est un marché important, un bazar bien connu car on ne les laisse entrer dans la ville qu'en des Monténégrins. C'est en ce lieu qu'ils trafiquent, nombre très restreint, après les avoir obligés à dépo- ser leurs armes. Le mardi, le jeudi, le samedi de chaque semaine, ces montagnards viennent de Niegous ou de Cettigné, ayant fait cinq ou six heures de marche pour apporter des œufs, des pommes de terre, de la volaille et même des fagots dont le débit est considérable.

Or, ce jour était précisément un mardi. Quelques groupes, dont les opérations n'avaient fini que fort tard, étaient restés dans ce bazar, afin d'y passer la nuit. Il y avait là une trentaine de montagnards, allant, venant, causant, discutant, disputant, les uns déjà étendus sur le sol pour dormir, les autres fai- sant cuire, devant un feu de charbons, un petit mou- ton enfilé d'une broche de bois, à la mode albanaise.

C'est là que Sarcany et sa compagne vinrent se réfugier, comme en un lieu qu'ils connaissaient déjà. Là, en effet, il leur serait facile de causer à l'aise, et même d'y rester toute la nuit, sans aller courir à la recherche d'un logement incertain. Depuis son arrivée à Cattaro, d'ailleurs, l'étrangère ne s'était pas inquiétée d'un autre domicile.

Le docteur et Cap Matifou entrèrent l'un après l'autre dans ce bazar fort obscur. Au fond crépitaient çà et là quelques foyers sans flamme et par conséquent sans clarté. Toutefois, dans ces conditions, l'enlèvement de Sarcany devait être d'une exécution difficile, à moins qu'il ne le quittât avant le jour. Le docteur put donc regretter de ne pas avoir agi pendant ce trajet de la Porte de Mer à la Porte du Midi. Mais il était trop tard, maintenant. Il n'y avait plus qu'à attendre pour profiter de toute circonstance qui se présenterait.

En tout cas, le canot était amarré derrière les roches, à moins de deux cents pas du bazar, et non loin, à deux encâblures, on pouvait confusément apercevoir la masse de l'*Electric,* dont un petit feu, hissé à l'avant, indiquait le mouillage.

Sarcany et la Marocaine avaient été se placer dans un coin très obscur, près d'un groupe de montagnards endormis déjà. Ils auraient donc pu s'en-

tretenir de leurs affaires, sans risque d'être enten-
dus, si le docteur, enveloppé de son manteau de
voyage, n'eût réussi à se mêler au groupe, dont sa
présence n'éveilla pas l'attention. Cap Matifou se
dissimula de son mieux, mais se tint à portée d'obéir
au premier signe.

Sarcany et l'étrangère, par cela seul qu'ils
employaient la langue arabe, devaient se croire
assurés que personne ne pourrait les comprendre
en cet endroit. Ils se trompaient, puisque le docteur
était là. Familier avec tous les idiômes de l'Orient
et de l'Afrique, il n'allait pas perdre un seul mot de
cet entretien.

« Tu as reçu ma dépêche à Syracuse? dit la
Marocaine.

— Oui, Namir, répondit Sarcany, et je suis parti
dès le lendemain avec Zirone.

— Où est Zirone?

— Aux environs de Catane, où il organise sa nouvelle bande.

— Il faut que demain tu sois à Raguse, Sarcany,
et que tu aies vu Silas Toronthal!

— J'y serai et je l'aurai vu! Ainsi, tu ne t'es pas
trompée, Namir? Il était temps d'arriver?...

— Oui! La fille du banquier....

— La fille du banquier! répéta Sarcany d'un ton

si singulier que le docteur ne put s'empêcher de tressaillir.

— Oui!... sa fille! répondit Namir.

— Comment? Elle se permet de laisser parler son cœur, reprit ironiquement Sarcany, et sans mon autorisation!

— Cela te surprend, Sarcany! Rien de plus certain pourtant! Mais tu seras bien autrement surpris, quand je t'aurai dit quel est celui qui veut épouser Sava Toronthal!

— Quelque gentilhomme ruiné, désirant se remonter avec les millions du père!

— En effet, reprit Namir, un jeune homme de haute origine, mais sans fortune...

— Et cet impertinent se nomme?...

— Pierre Bathory!

— Pierre Bathory! s'écria Sarcany. Pierre Bathory, épouser la fille de Silas Toronthal!

— Calme-toi, Sarcany! reprit Namir en contenant son compagnon. Que la fille de Silas Toronthal et le fils d'Étienne Bathory s'aiment, ce n'est plus un secret pour moi! Mais peut-être Silas Toronthal l'ignore-t-il encore?

— Lui!... l'ignorer!... demanda Sarcany.

— Oui, et d'ailleurs, jamais il ne consentirait....

— Je n'en sais rien! répondit Sarcany. Silas Toronthal est capable de tout... même de consentir à ce mariage, ne fût-ce que pour tranquilliser sa conscience, s'il s'est refait une conscience depuis quinze ans!... Heureusement, me voilà, prêt à brouiller son jeu, et demain je serai à Raguse!

— Bien! répondit Namir, qui semblait avoir un certain ascendant sur Sarcany.

— La fille de Silas Toronthal ne sera pas à un autre que moi, tu m'entends, Namir, et avec elle je referai ma fortune! »

Le docteur avait alors entendu tout ce qu'il lui était utile d'entendre. Peu lui importait, maintenant, ce qui pourrait se dire entre l'étrangère et Sarcany.

Un misérable, venant réclamer la fille d'un autre misérable, ayant le droit de s'imposer à lui, c'était Dieu qui intervenait dans une œuvre de justice humaine. Désormais, il n'y avait plus rien à craindre pour Pierre Bathory que ce rival allait écarter. Donc, inutile de le mander à Cattaro, inutile surtout de chercher à s'emparer de l'homme qui prétendait à l'honneur de devenir le gendre de Silas Toronthal!

« Que ces coquins s'allient entre eux et ne fassent qu'une même famille! se dit le docteur. Ensuite, nous verrons! »

Puis, il se retira, après avoir fait signe à Cap Matifou de le suivre.

Cap Matifou, qui n'avait pas demandé pourquoi le docteur Antékirtt voulait faire enlever le passager du *Saxonia*, ne demanda pas davantage pourquoi il renonçait à cet enlèvement.

Le lendemain, 10 juin, à Raguse, les portes du grand salon de l'hôtel du Stradone s'ouvraient vers huit heures et demie du soir, et un domestique annonçait à haute voix :

« Monsieur Sarcany. »

VII

COMPLICATIONS.

Il y avait quatorze ans déjà, Silas Toronthal avait quitté Trieste pour venir s'établir, à Raguse, en ce magnifique hôtel du Stradone. Dalmate d'origine, rien de plus naturel qu'il eût songé à retourner dans son pays natal, après s'être retiré des affaires.

Le secret avait été bien gardé aux traîtres. Le prix de la trahison leur avait été exactement payé. De ce fait, toute une fortune était échue au banquier et à Sarcany, son ancien agent de la Tripolitaine.

Après l'exécution des deux condamnés dans la forteresse de Pisino, après la fuite du comte Mathias Sandorf qui avait trouvé la mort dans les flots de l'Adriatique, la sentence avait été complétée par la saisie de leurs biens. De la maison et d'une petite terre appartenant à Ladislas Zathmar, il n'était rien resté, — pas même de quoi assurer la vie matérielle de son vieux serviteur. De ce que possédait Étienne Bathory, rien non plus, puisque, sans fortune, il ne vivait que du produit de ses leçons. Mais le château d'Artenak et ses riches dépendances, les mines avoisinantes, les forêts du revers septentrional des Carpathes, tout ce domaine constituait une fortune considérable au comte Mathias Sandorf. Ce furent ces biens dont on fit deux parts : l'une, mise en adjudication publique, servit à payer les délateurs: l'autre, placée sous séquestre, devait être restituée à l'héritière du comte, lorsqu'elle aurait dix-huit ans. Si cette enfant mourait avant d'avoir atteint cet âge, sa réserve ferait retour à l'État.

Or, les deux quarts, attribués aux dénonciateurs, leur avaient valu plus d'un million et demi de florins [1], dont ils étaient libres de faire usage à leur convenance.

Tout d'abord, les deux complices songèrent à se séparer. Sarcany ne se souciait pas de rester en face de Silas Toronthal. Celui-ci ne tenait en aucune façon à continuer ses relations avec son ancien agent. Sarcany quitta donc Trieste, suivi de Zirone,

---

1. Plus de trois millions de francs.

qui, ne l'ayant point abandonné dans la mauvaise fortune, n'était pas homme à l'abandonner dans la bonne. Tous deux disparurent, et le banquier n'en entendit plus parler. Où étaient-ils allés? Sans doute en quelque grande ville de l'Europe, là où personne ne songe à s'inquiéter de l'origine des gens, pourvu qu'ils soient riches, ni de la source de leur fortune, pourvu qu'ils la dépensent sans compter. Bref, il ne fut plus question de ces aventuriers à Trieste, où ils n'étaient guère connus que de Silas Toronthal.

Eux partis, le banquier respira. Il pensait n'avoir plus rien à craindre de l'homme qui le tenait par certains côtés et pouvait toujours exploiter cette situation. Cependant, si Sarcany était riche, on ne peut tabler sur rien avec des prodigues de cette espèce, et, s'il dévorait cette fortune, il ne serait pas gêné de se retourner vers son ancien complice?

Six mois après, Silas Toronthal, après avoir rétabli sa maison gravement compromise, liquida ses affaires et abandonna définitivement Trieste pour venir habiter Raguse. Bien qu'il n'eût rien à redouter de l'indiscrétion du gouverneur, seul à savoir le rôle joué par lui dans cette découverte de la conspiration, c'était trop encore pour un homme qui ne voulait rien perdre de sa considération, et auquel sa fortune assurait une grande existence partout où il lui plairait d'aller.

Peut-être aussi cette résolution de quitter Trieste lui fut-elle dictée par une circonstance particulière, — qui sera révélée plus tard, — circonstance dont Mme Toronthal et lui eurent seuls connaissance. Ce fut même ce qui le mit en relation, une fois seulement, avec cette Namir, dont on connaît les accointances avec Sarcany.

Ce fut donc Raguse que le banquier choisit pour sa nouvelle résidence. Il l'avait quittée très jeune, n'ayant ni parents, ni famille. On l'y avait oublié, et ce fut en étranger qu'il revint dans cette ville, où il n'avait pas reparu depuis près de quarante ans.

A l'homme riche qui arrivait dans ces conditions, la société ragusaine fit bon accueil. Elle ne savait de lui qu'une chose, c'est qu'il avait eu une grande situation à Trieste. Le banquier chercha et acquit un hôtel dans le plus aristocratique quartier de la ville. Il eut un grand train de maison, avec un personnel de domestiques qui fut entièrement renouvelé à Raguse. Il reçut, il fut reçu. Puisqu'on ne savait rien de son passé, n'était-il pas un de ces privilégiés qui s'appellent les heureux de ce monde?

Silas Toronthal, il est vrai, n'était point accessible au remords. N'eût été la crainte que le secret de son abominable délation fût dévoilé un jour, rien ne semblait devoir apporter un trouble dans son existence.

Toutefois, en face de lui, comme un reproche muet, mais vivant, il y avait Mme Toronthal.

La malheureuse femme, probe et droite, connaissait cet odieux complot, qui avait envoyé trois patriotes à la mort. Un mot échappé à son mari, au moment où ses affaires périclitaient, un espoir imprudemment formulé qu'une portion de la fortune du comte Mathias Sandorf lui permettrait de se relever, des signatures qu'il avait dû demander à Mme Toronthal, avaient entraîné l'aveu de son intervention dans cette découverte de la conspiration de Trieste.

Une insurmontable répulsion pour l'homme à qui elle était liée, tel fut le sentiment qu'éprouva Mme Toronthal, — sentiment d'autant plus vif qu'elle était d'origine hongroise. Mais, on l'a dit, c'était une femme sans énergie morale. Abattue par ce coup, elle ne put s'en relever. Depuis cette époque, autant qu'il lui fut possible, à Trieste d'abord, à Raguse ensuite, elle vécut à l'écart, du moins dans la mesure que lui imposait sa situation. Sans doute, elle paraissait aux réceptions de l'hôtel du Stradone, il le fallait, et son mari l'y eût obligée; mais,

son rôle de femme du monde terminé, elle se relé-
guait au fond de son appartement. Là, se consa-
crant tout entière à l'éducation de sa fille, sur
laquelle s'étaient reportées ses seules affections,
elle s'essayait à oublier. Oublier, quand l'homme,
compromis dans cette affaire, vivait sous le même
toit qu'elle !

Or, il arriva, précisément que, deux ans après leur
installation à Raguse, cet état de choses vint encore
se compliquer. Si cette complication créa un nouveau sujet d'ennui pour le banquier, Mme Toronthal
y trouva un nouveau sujet de douleur.

Mme Bathory, son fils et Borik, eux aussi, avaient
quitté Trieste pour s'établir à Raguse où il leur restait encore quelques parents. La veuve d'Étienne
Bathory ne connaissait point Silas Toronthal; elle
ignorait même qu'il eût jamais existé un rapport
quelconque entre le banquier et le comte Mathias
Sandorf. Quant à se douter que cet homme eût
trempé dans l'acte criminel qui avait coûté la vie
aux trois nobles hongrois, comment l'aurait-elle
appris, puisque son mari n'avait pu lui révéler,
avant de mourir, le nom des misérables qui les
avaient vendus à la police autrichienne.

Cependant si Mme Bathory ne connaissait pas le
banquier de Trieste, celui-ci la connaissait. De se

trouver dans la même ville, de la rencontrer quelquefois sur son passage, pauvre, travaillant pour élever son jeune enfant, cela ne laissait pas de lui être plus que désagréable. Certes, si Mme Bathory eût déjà demeuré à Raguse, au moment où il songeait à s'y fixer, peut-être aurait-il renoncé à ce projet. Mais, lorsque la veuve vint occuper cette modeste maison de la rue Marinella, son hôtel était déjà acheté, son installation faite, sa situation acceptée et reconnue. Il ne put se décider à changer une troisième fois de résidence.

« On s'habitue à tout ! » se dit-il.

Et il résolut de fermer les yeux devant ce témoignage permanent de sa trahison.

Lorsque Silas Toronthal fermait les yeux, il paraît que cela suffisait pour qu'il ne vît rien en lui-même.

Toutefois, ce qui n'était après tout qu'un désagrément pour le banquier, devint pour Mme Toronthal une cause incessante de douleur et de remords. Secrètement, à plusieurs reprises, elle essaya de faire parvenir des secours à cette veuve, qui n'avait d'autres ressources que son travail ; mais ces secours furent toujours refusés, comme tant d'autres que des amis inconnus essayèrent de lui faire accepter. L'énergique femme ne demandait rien, elle ne voulait rien recevoir.

Une circonstance imprévue, improbable aussi, allait rendre cette situation plus insupportable encore, — terrible même par les complications qu'elle devait y apporter.

Mme Toronthal avait reporté toutes ses affections sur sa fille qui était à peine âgée de deux ans et demi, quand, à la fin de l'année 1867, son mari et elle vinrent demeurer à Raguse.

Sava avait maintenant près de dix-sept ans. C'était une charmante personne qui se rapprochait plus du type hongrois que du type dalmate. Des cheveux noirs et épais, des yeux ardents, largement découpés sous un front haut, de « forme psychique, » si l'on peut se servir de ce mot que les chirognomonistes appliquent plutôt à la main, une bouche bien dessinée, un teint chaud, une taille élégante, un peu au-dessus de la moyenne, — cet ensemble de qualités physiques n'eût laissé aucun regard indifférent.

Mais, ce qui frappait surtout dans sa personne, ce qui devait plus vivement impressionner les âmes sensibles, c'était l'air grave de cette jeune fille, sa physionomie pensive, comme si elle eût toujours été à la recherche de souvenirs effacés, c'était cet on ne sait quoi qui attire et attriste. De là, l'extrême réserve qu'elle imposait à tous ceux qui fréquen-

taient les salons de son père, ou qui la rencon-
traient quelquefois dans le Stradone.

On le croira sans peine, héritière d'une fortune
que l'on disait énorme et qui devait un jour lui
appartenir toute entière, Sava avait dû être recher-
chée. Mais, bien que plusieurs partis se fussent pré-
sentés, dans lesquels se trouvaient réunies toutes les
convenancés sociales, la jeune fille, consultée par sa
mère, avait toujours refusé, sans donner aucun motif
de son refus. Silas Toronthal, d'ailleurs, ne l'avait
jamais pressentie ni pressée à ce sujet. Sans doute,
le gendre qu'il lui fallait, — plus pour lui que pour
Sava, — ne s'était pas encore offert.

Pour achever de peindre Sava Toronthal, il convient de noter une tendance très marquée qui la
portait à admirer les actes de vertu ou de courage
que peut engendrer le patriotisme. Non point
qu'elle s'occupât de politique, mais le récit de tout
ce qui touchait à la patrie, les sacrifices faits pour
elle, les exemples récents dont s'honore l'histoire
de son pays, la pénétraient profondément. Si ce
n'était point dans le hasard de sa naissance qu'elle
avait pu puiser de tels sentiments, — et à coup sûr,
ils ne lui venaient pas de Silas Toronthal ! — c'est
que, noble et généreuse, elle les avait naturellement trouvés dans son propre cœur.

Cela n'explique-t-il pas, — ainsi qu'on l'a déjà pressenti, — le sympathique rapprochement qui s'était fait entre Pierre Bathory et Sava Toronthal? Oui! une sorte de malechance, intervenant dans le jeu du banquier, s'était plu à mettre ces deux jeunes gens en présence l'un de l'autre. Sava avait à peine douze ans, quand, un jour, on avait dit devant elle, en montrant Pierre :

« C'est le fils d'un homme qui est mort pour la Hongrie! »

Et cela ne devait jamais s'effacer de sa mémoire.

Puis tous deux avaient grandi, Sava songeait à Pierre, avant même que celui-ci l'eût remarquée. Elle le voyait si grave, si pensif! Mais, s'il était pauvre, du moins travaillait-il pour être digne du nom de son père, et elle en connaissait toute l'histoire.

On sait le reste, on sait comment Pierre Bathory fut à son tour séduit et charmé à la vue de Sava, dont la nature devait sympathiser avec la sienne, comment, lorsque la jeune fille ignorait peut-être encore le sentiment qui naissait en elle, le jeune homme l'aimait déjà d'un amour profond qu'elle devait bientôt partager.

Tout ce qui concerne Sava Toronthal aura été dit, lorsqu'on saura quelle était sa situation dans sa famille.

Vis-à-vis de son père, Sava s'était toujours tenue sur une extrême réserve. Jamais une effusion de cœur de la part du banquier, jamais une caresse de la part de sa fille. Que ce fût sécheresse d'âme chez l'un, chez l'autre cet éloignement provenait d'un désaccord en toutes choses. Sava avait pour Silas Toronthal le respect qu'une fille doit à son père, — rien de plus. Du reste, il la laissait libre d'agir, il ne la contrariait point dans ses goûts, il ne limitait pas ses œuvres de charité, dont son ostentation naturelle s'accommodait volontiers. En somme, pour lui, c'était indifférence. Pour elle, il faut l'avouer, c'était plutôt antipathie, presque répulsion.

A l'égard de Mme Toronthal, Sava éprouvait un tout autre sentiment. Si la femme du banquier subissait la domination de son mari, qui lui montrait peu de déférence, elle était bonne, du moins, elle valait mille fois mieux que lui par l'honnêteté de sa vie, par le soin de sa dignité personnelle. Mme Toronthal aimait profondément Sava. Sous la réserve de la jeune fille, elle avait su découvrir les qualités les plus sérieuses. Mais cette affection qu'elle ressentait, était quasi exaltée, mêlée d'une sorte d'admiration, de respect et même d'un peu de crainte. L'élévation du caractère de Sava, sa droiture, et, en de certains moments, son inflexibilité, pouvaient expliquer cette forme étrange de l'amour maternel. Cependant la jeune fille lui rendait affection pour affection. Même sans le lien du sang, toutes deux eussent été étroitement attachées l'une à l'autre.

On ne s'étonnera donc pas que Mme Toronthal eût été la première à deviner ce qui se passait dans l'esprit, puis dans le cœur de Sava. Souvent la jeune fille lui avait parlé de Pierre Bathory et de sa famille, sans remarquer l'impression douloureuse que ce nom produisait sur sa mère. Aussi, quand Mme Toronthal eut reconnu que Sava aimait ce jeune homme :

« Dieu le voudrait donc ! » murmura-t-elle.

Ce que signifiaient ces paroles dans la bouche de Mme Toronthal, on le devine ; mais ce qu'on ne peut savoir encore, c'est à quel point l'amour de Sava pour Pierre eût été comme une juste réparation du mal fait à la famille Bathory.

Cependant, si Mme Toronthal pouvait penser que cela entrait dans les desseins de la Providence, elle, dont l'âme était pieuse et croyante, il eût fallu que son mari consentît à ce rapprochement des deux familles. Aussi sans en rien dire à Sava, résolut-elle de le pressentir à ce sujet.

Aux premiers mots que lui en dit sa femme, Silas Toronthal, dans un mouvement de colère qu'il ne chercha point à maîtriser, s'emporta au delà de toute mesure. Mme Toronthal, brisée par cet effort, dut rentrer dans son appartement sur cette menace :

« Prenez garde, madame !... Si vous osiez jamais me reparler de ce projet, vous vous en repentiriez ! »

Ainsi donc, ce que Silas Toronthal appelait la fatalité avait non seulement amené la famille Bathory dans cette ville, mais Sava et Pierre, rapprochés l'un de l'autre, n'avaient pas tardé à se connaître et à s'aimer !

On se demandera pourquoi tant d'irritation de la part du banquier. Avait-il formé de secrets desseins sur Sava, sur son avenir, que ces sentiments devaient contrarier ? Au cas où son indigne délation eût été révélée un jour, n'aurait-il pas eu intérêt, au contraire, à ce que les conséquences en eussent été préalablement réparées dans la mesure du possible ? Qu'aurait pu dire Pierre Bathory, devenu le mari de Sava Toronthal ? Qu'aurait pu faire alors Mme Bathory ? Certes, c'eût été une horrible situation, le fils de la victime marié à la fille de l'assassin, mais horrible surtout pour eux, non pour lui, Silas Toronthal !

9

Oui, sans doute, mais il y avait Sarcany, dont on était sans nouvelles, il y avait son retour toujours possible, et, très probablement, des engagements éventuels du banquier avec son complice. Or, celui-ci n'était pas homme à les oublier, si la fortune tournait contre lui.

Il va sans dire que Silas Toronthal n'était pas sans être préoccupé de ce qu'avait pu devenir son ancien agent de la Tripolitaine. Pas de nouvelles de lui depuis leur séparation après l'affaire de Trieste, et cela remontait à quinze ans déjà. Même en Sicile, où il savait que Sarcany avait des relations par l'entremise de son camarade Zirone, les recherches étaient restées infructueuses. Mais Sarcany pouvait reparaître d'un jour à l'autre? Terreur permanente pour le banquier, à moins que cet aventurier ne fût mort, — nouvelle que Silas Toronthal aurait reçue avec une très compréhensible satisfaction. Peut-être, alors, eût-il vu sous un autre aspect cette possibilité d'une union entre la famille Bathory et la sienne. En tout cas, il n'y fallait pas songer à l'heure présente.

Silas Toronthal ne voulut donc point revenir sur l'accueil qu'il avait fait à sa femme, lorsqu'elle s'était hasardée à lui parler de Pierre Bathory. Il ne lui donna d'ailleurs aucune explication à cet égard. Surveiller plus sévèrement Sava, la faire espionner même, ce fut à quoi il s'appliqua désormais. Quant au jeune ingénieur, se conduire avec lui de façon hautaine, détourner la tête lorsqu'il le rencontrerait, agir enfin de manière à lui ôter tout espoir, ce fut aussi le parti auquel il s'arrêta. Et il ne réussit que trop bien à lui montrer que toute démarche de sa part serait absolument inutile !

Ce fut en ces circonstances que, dans la soirée du 10 juin, le nom de Sarcany fut jeté à travers les salons de l'hôtel du Stradone, après que la porte se fût ouverte devant cet impudent. Le matin même, Sarcany, accompagné de Namir, avait pris le chemin de fer de Cattaro à Raguse. Il était descendu dans un des principaux hôtels de la ville, il avait fait une élégante toilette, et, sans perdre une heure, il était venu se présenter chez son ancien complice.

Silas Toronthal le reçut et donna ordre de ne pas les déranger. Comment prit-il la visite de Sarcany ? Fût-il assez maître de ses impressions pour ne rien laisser percer de ce qu'il éprouvait à le revoir, et composa-t-il avec lui ? Sarcany, de son côté, se montra-t-il impérieux, insolent, comme autrefois ? Rappela-t-il au banquier des promesses qui avaient pu être faites, des conventions arrêtées entre eux de longue date? Enfin parlèrent-ils du passé, du présent, de l'avenir? C'est ce qu'on ne pourrait dire, car cet entretien ne fut troublé par personne.

Mais voici ce qui en résulta.

Vingt-quatre heures après, une nouvelle, bien faite pour étonner, courait la ville. On parlait du mariage de Sarcany, — un riche personnage de la Tripolitaine, — avec Mlle Sava Toronthal.

Évidemment, le banquier avait dû céder aux menaces de l'homme qui pouvait le perdre d'un mot. Aussi, ni les prières de sa femme, ni l'horreur manifestée par Sava, dont son père prétendait disposer à sa seule convenance, rien ne devait-il le toucher.

Un mot seulement de l'intérêt que Sarcany avait à faire ce mariage, — intérêt qu'il n'avait point dissimulé à Silas Toronthal. Sarcany était maintenant ruiné. Cette part de fortune, qui avait permis au banquier de rétablir le crédit de sa maison, c'est à peine si elle avait suffi à l'aventurier pendant cette période de quinze ans. Depuis son départ de Trieste, Sarcany avait couru l'Europe, vivant en prodigue, pour qui les hôtels de Paris, de Londres, de Berlin, de Vienne, de Rome, n'eurent jamais assez de fenêtres pour qu'il pût y jeter l'argent au gré de ses fantaisies. Après les plaisirs de toutes

sortes, ce fut aux chances du hasard qu'il demanda
d'achever sa ruine, aussi bien dans les villes où les
jeux fonctionnaient encore, en Suisse et en Espagne,
que sur les tables de la Principauté monégasque,
enserrée dans un périmètre de frontières françaises.

Il va sans dire que Zirone n'avait cessé d'être son
second pendant toute cette période. Puis, lorsqu'ils
n'eurent plus que quelques milliers de florins, tous
deux étaient revenus dans ce pays, cher au Sicilien,
en cette portion orientale de la Sicile. Là, ils ne
restèrent pas oisifs, en attendant les événements,
c'est-à-dire que le temps fût venu pour Sarcany de
reprendre ses relations avec le banquier de Trieste.
En effet, quoi de plus simple que de refaire sa fortune en épousant Sava, l'unique héritière du riche
Silas Toronthal, — lequel n'avait rien à refuser à
Sarcany.

En effet, aucun refus n'était possible, aucun
refus n'avait été même tenté. Peut-être, après tout,
y avait-il encore entre ces deux hommes et dans
le problème dont ils poursuivaient la solution, une
inconnue que dégagerait l'avenir.

Cependant une explication très nette fut demandée par Sava à son père. Pourquoi disposait-il
ainsi d'elle?

« Mon honneur dépend de ce mariage, finit par

répondre Silas Toronthal, et ce mariage se fera!' »

Lorsque Sava rapporta cette réponse à sa mère, celle-ci tomba presque évanouie dans les bras de sa fille et ne put que verser des larmes de désespoir.

Silas Toronthal avait donc dit la vérité!

Le mariage fut fixé au 6 juillet.

Pendant ces trois semaines, on imagine ce que dut être l'existence de Pierre Bathory. Son trouble était effrayant. En proie à des accès de rage impuissante, tantôt il restait enfermé dans la maison de la rue Marinella, tantôt il s'échappait de cette ville maudite, et Mme Bathory pouvait craindre de ne plus le revoir.

Quelles paroles de consolation aurait-elle pu lui faire entendre? Tant qu'il n'avait pas été question de ce mariage, Pierre Bathory, bien qu'il fût repoussé par le père de Sava, pouvait conserver un peu d'espoir. Mais, Sava mariée, c'était un nouvel abîme, — abîme infranchissable cette fois! Quoi qu'eût dit le docteur Antékirtt, lui aussi, malgré ses promesses, il avait abandonné Pierre! Et pourtant, se demandait-il, comment la jeune fille qui l'aimait, dont il connaissait l'énergique nature, avait-elle pu consentir à cette union? Quel mystère y avait-il dans cet hôtel du Stradone, où se passaient de telles choses? Ah! que Pierre eût mieux fait de quitter Raguse, d'accepter les situations qui lui avaient été offertes au dehors, de s'en aller loin de Sava, qu'on livrait à cet étranger, à ce Sarcany!

« Non! répétait-il. C'est impossible!... Je l'aime! »

Le désespoir était donc entré dans cette maison qu'un rayon de bonheur avait éclairée pendant quelques jours!

Pointe Pescade, toujours en observation, très au courant des bruits de la ville, fut un des premiers instruits de ce qui se préparait. Dès qu'il connut cette nouvelle du mariage de Sava Toronthal et de Sarcany, il écrivit à Cattaro. Dès qu'il eût pu constater le pitoyable état auquel cette nouvelle avait réduit le jeune ingénieur, — auquel il s'intéressait vivement, — il en fit part au docteur Antékirtt.

Pour toute réponse, il reçut l'ordre de continuer à observer ce qui se passerait à Raguse et de tenir Cattaro au courant de tout.

Cependant, à mesure que s'approchait cette date néfaste du 6 juillet, l'état de Pierre Bathory ne faisait qu'empirer. Sa mère ne pouvait plus lui rendre un peu de calme. Comment, d'ailleurs, eût-il été possible de modifier les projets de Silas Toronthal? N'était-il pas évident, rien qu'à la hâte avec laquelle il avait été déclaré et fixé, que ce ma-

riage était depuis longtemps résolu, que Sarcany
et le banquier se connaissaient de longue date,
que ce « riche Tripolitain » devait avoir sur le père
de Sava une influence toute particulière?

Emporté par ses idées obsédantes, Pierre Bathory
eut la pensée d'écrire à Silas Toronthal, huit jours
avant la date indiquée pour la célébration du
mariage.

Sa lettre resta sans réponse.

Pierre essaya alors de rencontrer le banquier
dans la rue... Il ne put y parvenir.

Pierre voulut aller le chercher jusqu'en son
hôtel... Il ne put en franchir la porte.

Quant à Sava et à sa mère, elles étaient maintenant invisibles. Nulle possibilité d'arriver jusqu'à
elles !

Mais, si Pierre Bathory ne put revoir Sava ni son
père, plusieurs fois, dans le Stradone, il se trouva
face à face avec Sarcany. Au regard de haine du
jeune homme, Sarcany ne répondit que par le plus
insolent dédain. Pierre Bathory eut alors la pensée
de le provoquer, afin de le forcer à se battre...
Mais, sous quel prétexte, et pourquoi Sarcany aurait-il accepté une rencontre que son intérêt, à la
veille de devenir le mari de Sava Toronthal, lui
commandait d'éviter?

Six jours s'écoulèrent. Pierre, malgré les supplications de sa mère, malgré les prières de Borik, quitta la maison de la rue Marinella dans la soirée du 4 juillet. Le vieux serviteur voulut essayer de le suivre, mais il eut bientôt perdu ses traces. Pierre allait à l'aventure, comme s'il eût été fou, à travers les rues les plus désertes de la ville, le long des murailles de Raguse.

Une heure après, on le rapportait, mourant, dans la maison de Mme Bathory. Un coup de poignard lui avait traversé la partie supérieure du poumon gauche.

Il n'y avait pas de doute possible : Pierre, arrivé au paroxysme du désespoir, s'était frappé lui-même !

Pointe Pescade, dès qu'il eut appris ce malheur, se hâta de courir au bureau du télégraphe.

Une heure après, le docteur Antékirtt recevait à Cattaro la nouvelle du suicide du jeune homme.

Il serait difficile de peindre la douleur de Mme Bathory, lorsqu'elle se retrouva devant son fils, qui n'avait peut-être plus que quelques heures à vivre. Mais l'énergie de la mère se raidit contre les faiblesses de la femme. Avant tout, des soins. Des pleurs, plus tard.

Un médecin fut mandé. Il arriva aussitôt, il visita le blessé, il écouta le souffle faible et inter-

mittent de sa poitrine, il sonda sa blessure, il lui
mit le premier appareil, il lui donna tous les secours
de son art, mais il ne conservait aucun espoir.

Quinze heures après, l'état du jeune homme
s'était encore aggravé par suite d'une hémorrhagie
très considérable, et sa respiration, à peine sensible,
menaçait de s'éteindre dans un dernier soupir.

Mme Bathory était tombée à genoux, priant Dieu
de lui conserver son fils!

En ce moment, la porte de la chambre s'ouvrit...
Le docteur Antékirtt apparut et s'avança vers le lit
du mourant.

Mme Bathory allait s'élancer vers lui : il la retint
d'un geste.

Alors le docteur se pencha sur Pierre et l'exa-
mina avec attention, sans prononcer une seule
parole. Puis, il le regarda avec une irrésistible
fixité. Comme s'il se fût dégagé de ses yeux une
puissance magnétique, il semblait faire pénétrer
dans ce cerveau où la pensée allait s'éteindre, sa
propre vie avec sa propre volonté.

Soudain, Pierre se redressa à demi. Ses paupières
se soulevèrent, il regarda le docteur... Il retomba
inanimé.

Mme Bathory se précipita sur son fils, jeta un cri
et s'évanouit dans les bras du vieux Borik.

A ce moment, le docteur ferma les yeux du jeune mort ; puis, il se releva, quitta la chambre, et on aurait pu l'entendre murmurer cette sentence, empruntée aux légendes indiennes :

« *La mort ne détruit pas, elle ne rend qu'invisible !* »

VIII

UNE RENCONTRE DANS LE STRADONE.

Cette mort avait fait grand bruit par la ville ; mais personne ne put soupçonner la véritable cause du suicide de Pierre Bathory, ni surtout que Sarcany et Silas Toronthal eussent une part dans ce malheur.

C'était le lendemain, 6 juillet, que devait se célébrer le mariage de Sava Toronthal et de Sarcany.

La nouvelle de ce suicide, accompli dans des circonstances si émouvantes, Mᵐᵉ Toronthal ni sa fille n'en eurent connaissance. Silas Toronthal, d'accord avec Sarcany, avait pris ses précautions à cet égard.

Il avait été convenu également que le mariage se ferait très simplement. On prétexterait un deuil dans

la famille de Sarcany. Cela n'allait sans doute pas
avec les habitudes fastueuses de Silas Toronthal;
mais, en cette circonstance, il crut qu'il valait
mieux faire les choses sans bruit. Les nouveaux
mariés ne devaient rester que quelques jours à
Raguse; puis ils partiraient pour Tripoli, où Sarcany
résidait d'habitude, disait-on. Il n'y aurait donc
point réception à l'hôtel du Stradone, ni pour la
lecture du contrat, qui assurait un apport considérable à la jeune fille, ni après la cérémonie religieuse
de l'église des Franciscains, qui suivrait immédiatement la cérémonie civile.

Ce jour-là, pendant que les derniers préparatifs
du mariage se faisaient à l'hôtel Toronthal, deux
hommes se promenaient, en causant, de l'autre
côté du Stradone.

Ces deux hommes étaient Cap Matifou et Pointe
Pescade.

En revenant à Raguse, le docteur Antékirtt avait
ramené Cap Matifou. Sa présence n'était plus nécessaire à Cattaro, et si les deux amis, les « deux
jumeaux » comme disait Pointe Pescade, furent
absolument heureux de se revoir, qui pourrait en
douter?

Quant au docteur, en arrivant à Raguse, il avait
fait cette première apparition dans la maison de la

rue Marinella; puis, il s'était retiré dans un modeste hôtel du faubourg de Plocce, où il attendait que le mariage de Sarcany et de Sava Toronthal fût accompli pour donner suite à ses projets.

Le lendemain, pendant une seconde visite à Mme Bathory, il avait lui-même aidé à coucher Pierre dans son cercueil, et il était rentré à son hôtel, après avoir envoyé Pointe Pescade et Cap Matifou surveiller le Stradone.

Or, rien n'empêchait Pointe Pescade de causer, pendant qu'il était tout yeux et tout oreilles.

« Je te trouve engraissé, mon Cap! disait-il en se haussant pour tâter la poitrine de l'Hercule.

— Oui... et toujours solide!

— Je m'en suis aperçu à ton accolade.

— Mais, la pièce dont tu me parlais?... demanda Cap Matifou, qui tenait à son rôle.

— Elle marche, elle marche!... Vois-tu, c'est que l'action est très compliquée!

— Compliquée?

— Oui!... Ce n'est point une comédie, c'est un drame, et le début est même très empoignant! »

Pointe Pescade se tut. Un coupé, mené rapidement, venait de s'arrêter devant l'hôtel du Stradone.

La porte s'ouvrit aussitôt et se referma sur le

coupé, dans lequel Pointe Pescade avait reconnu Sarcany.

« Oui... très empoignant, reprit-il, et cela s'annonce même comme un grand succès !

— Et le traître?... demanda Cap Matifou, que ce personnage semblait intéresser plus directement.

— Eh bien... le traître triomphe, en ce moment, comme cela se fait toujours dans une pièce bien charpentée !... Mais patience!... Attendons le dénouement.

— A Cattaro, dit Cap Matifou, j'ai bien cru que j'allais...

— Entrer en scène?

— Oui, Pointe Pescade, oui! »

Et Cap Matifou raconta ce qui s'était passé au bazar de Cattaro, c'est-à-dire comment ses deux bras avaient été réquisitionnés pour un enlèvement qui ne s'était pas fait.

« Bon! C'était trop tôt! répliqua Pointe Pescade, qui, « parlant pour parler, » comme on dit, ne cessait de regarder à droite et à gauche. Tu ne dois être que du quatrième ou du cinquième acte, mon Cap!... Peut-être, même, ne paraîtras-tu qu'à la dernière scène!... Mais sois sans inquiétude!... Tu feras un rude effet!... Tu peux y compter! »

En ce moment, un murmure lointain se fit entendre dans le Stradone, au tournant de la rue Marinella.

Pointe Pescade, interrompant la conversation, s'avança de quelque pas sur la droite de l'hôtel Toronthal.

Un convoi, qui sortait alors de la rue Marinella, venait de prendre le Stradone, en se dirigeant vers l'église des Franciscains, où l'office funèbre allait se dire.

Peu de personnes, d'ailleurs, à cet enterrement, dont la simplicité ne devait guère attirer l'attention publique, — un modeste cercueil porté à bras sous un drap noir.

Le convoi s'avançait lentement, quand, tout à coup, Pointe Pescade, étouffant un cri, saisit le bras de Cap Matifou.

« Qu'as-tu donc? demanda Cap Matifou.

— Rien!... Ce serait trop long à t'expliquer! »

Il venait de reconnaître Mme Bathory, qui avait voulu suivre l'enterrement de son fils.

L'église n'avait pas refusé ses prières à ce mort que le désespoir avait poussé au suicide, et le prêtre l'attendait dans la chapelle des Franciscains pour le conduire au cimetière.

Mme Bathory marchait derrière le cercueil, le regard sec. Elle n'avait plus la force de pleurer. Ses yeux, presque hagards, tantôt se portaient de côté, tantôt plongeaient jusque sous le drap mortuaire, qui recouvrait le corps de son fils.

Le vieux Borik se traînait près d'elle, à faire pitié.

Pointe Pescade sentit les larmes lui venir aux yeux. Oui! S'il n'avait pas eu le devoir de rester à son poste, le brave garçon n'eût pas hésité à se joindre aux quelques amis, aux quelques voisins, qui suivaient le convoi de Pierre Bathory.

Soudain, au moment où ce convoi allait passer devant l'hôtel Toronthal, la grande porte s'ouvrit. Dans la cour, devant le perron, deux voitures étaient prêtes à sortir.

La première franchit la porte et tourna de manière à redescendre le Stradone.

Dans cette voiture, Pointe Pescade aperçut Silas Toronthal, sa femme et sa fille.

Mme Toronthal, brisée par la douleur, était placée près de Sava, plus pâle que son voile nuptial.

Sarcany, accompagné de quelques parents ou amis, occupait la seconde voiture.

Pas plus d'apparat pour ce mariage qu'il n'y en avait pour cet enterrement. Des deux côtés, même tristesse, — effrayante.

Tout à coup, au moment où la première voiture tournait la porte, on entendit un cri déchirant.

10.

Mme Bathory s'était arrêtée, et, la main tendue vers Sava, elle maudissait la jeune fille!

C'était Sava qui avait jeté ce cri! Elle avait vu la mère en deuil! Elle avait compris tout ce qu'on lui avait caché!... Pierre était mort, mort par elle et pour elle, et c'était son convoi qui passait, au moment où l'emportait sa voiture de mariée!

Sava tomba évanouie. Mme Toronthal, éperdue, voulut la ranimer... Ce fut en vain!... Elle respirait à peine!

Silas Toronthal n'avait pu retenir un mouvement de colère. Mais Sarcany, qui était accouru, sut se contenir.

Dans ces conditions, il était impossible de se rendre devant l'officier de l'état civil, et il fallut donner ordre aux voitures de rentrer à l'hôtel, dont la porte se referma bruyamment.

Sava transportée dans sa chambre, fut déposée sur son lit, sans avoir fait un mouvement. Sa mère s'agenouilla près d'elle, et un médecin fut mandé en toute hâte. Pendant ce temps, le convoi de Pierre Bathory continuait à s'avancer vers l'église des Franciscains; puis, après l'office des morts, il s'achemina du côté du cimetière de Raguse.

Cependant Pointe Pescade avait compris que le docteur Antékirtt devait être au plus tôt informé

de cet incident qu'il n'avait pu prévoir. Il dit donc
à Cap Matifou :

« Reste ici et veille! »

Puis, tout courant, il se dirigea vers le faubourg
de Plocce.

Le docteur, pendant le récit que lui fit rapidement Pointe Pescade, resta muet.

« Ai-je excédé mon droit? se disait-il. Non!..
Ai-je frappé une innocente?... Oui, sans doute! Mais
cette innocente est la fille de Silas Toronthal! »

Alors, s'adressant à Pointe Pescade :

« Où est Cap Matifou?

— Devant l'hôtel du Stradone.

— J'aurai besoin de vous deux, ce soir?

— A quelle heure?

— A neuf heures.

— Où devrons-nous vous attendre?

— A la porte du cimetière! »

Pointe Pescade partit aussitôt pour rejoindre Cap
Matifou, qui n'avait pas quitté son poste.

Le soir venu, vers huit heures, le docteur, enveloppé d'un ample manteau, se dirigea vers le port
de Raguse. A l'angle de la muraille, sur la gauche,
il atteignit une petite anse, perdue dans les roches.
qui échancrait le littoral un peu au-dessus du port.

L'endroit était absolument désert. Ni maison, ni

bateaux. Les barques de pêcheurs ne venaient
jamais y mouiller, par crainte des nombreux récifs
qui ferment cette anse. Le docteur s'arrêta, regarda
autour de lui et fit entendre un cri, convenu sans
doute. Presque aussitôt, un marin, s'approchant,
disait :

« A vos ordres, maître.

— Le canot est là, Pazzer?

— Oui, derrière ce rocher.

— Avec tous tes hommes?

— Tous.

— Et l'*Électric?*...

— Plus loin, dans le nord, à trois encâblures environ, en dehors de la petite crique. »

Et le marin montrait une sorte de fuseau, allongé
dans l'ombre, dont pas un feu ne révélait la présence.

« Quand est-il arrivé de Cattaro? demanda le
docteur.

— Il y a une heure à peine.

— Il a passé inaperçu?

— Absolument, en se glissant le long des récifs.

— Pazzer, que personne ne quitte son poste, et
que l'on m'attende ici toute la nuit, s'il le faut!

— Oui, maître! »

Le marin retourna vers l'embarcation, qui se

confondait absolument avec les dernières roches de la grève.

Le docteur Antékirtt resta quelque temps encore sur le rivage. Sans doute, il voulait attendre que la nuit fut plus obscure encore. Par instants, il se promenait à grand pas. Puis, il s'arrêtait. Et alors, les bras croisés, muet et immobile, son regard se perdait sur cette mer Adriatique, comme s'il lui eût confié ses secrets.

La nuit était sans lune, sans étoiles. A peine une de ces petites brises de terre, qui se lèvent avec le soir et ne durent que quelques heures, se faisait-elle sentir. Quelques nuages élevés, mais assez épais, couvraient tout le ciel jusqu'à l'horizon de l'ouest, où la dernière barre de vapeurs, faite d'un trait plus clair, venait de s'effacer.

« Allons! » dit enfin le docteur.

Et, revenant du côté de la ville, dont il suivit l'enceinte, il se dirigea vers le cimetière.

Là, devant la porte, attendaient Pointe Pescade et Cap Matifou, blottis derrière un arbre, de manière à ne pas être vus.

Le cimetière était fermé à cette heure. Une dernière lumière venait de s'éteindre dans la maison du gardien. Personne n'y devait plus venir avant le jour

Sans doute, le docteur avait une connaissance exacte du plan de ce cimetière. Sans doute aussi, son intention n'était pas d'y entrer par la porte — ce qu'il venait y faire devant être fait secrètement.

« Suivez-moi, » dit-il à Pointe Pescade et à son compagnon, qui s'étaient avancés vers lui.

Et tous trois commencèrent à longer le mur extérieur, que le vallonnement du terrain élevait par une pente assez sensible.

Après dix minutes de marche, le docteur s'arrêta ; puis, montrant une brèche qui provenait d'un récent éboulement du mur :

« Passons, » dit-il.

Il se glissa par cette brèche. Pointe Pescade et Cap Matifou la franchirent après lui.

Là, l'obscurité était plus profonde sous les grands arbres qui abritaient les tombes. Cependant, sans hésiter, le docteur suivit une allée, puis une contre-allée qui conduisait à la partie supérieure du cimetière. Quelques oiseaux de nuit, troublés à son passage, s'envolaient de ça et de là. Mais, hormis ces hiboux et ces chouettes, il n'y avait pas un être vivant autour des stèles éparses sous les herbes.

Bientôt tous trois s'arrêtèrent devant un modeste monument, une sorte de petite chapelle, dont la grille n'était pas fermée à clef.

Le docteur repoussa cette grille ; puis, pressant le bouton d'une petite lanterne électrique, il en fit jaillir la lumière, mais de façon à ce qu'elle ne pût être aperçue du dehors.

« Entre, » dit-il à Cap Matifou.

Cap Matifou entra dans la petite chapelle et se trouva en face d'un mur, sur lequel trois plaques de marbre étaient incrustées.

Sur une de ces plaques, — celle du milieu, on lisait :

ÉTIENNE BATHORY.

1867.

La plaque de gauche ne portait pas d'inscription. La plaque de droite allait bientôt en avoir une.

« Enlève cette plaque, » dit le docteur.

Cap Matifou déplaça facilement la plaque qui n'était pas encore scellée ; il la posa à terre, et une bière apparut au fond de la cavité ménagée dans le mur.

C'était le cercueil qui contenait le corps de Pierre Bathory.

« Retire cette bière, » dit le docteur.

Cap Matifou retira la bière, sans que Pointe Pescade eût besoin de l'aider, si lourde qu'elle fût, et, après être sorti de la petite chapelle, il la déposa sur l'herbe.

« Prends cet outil, dit le docteur en donnant un tourne-vis à Pointe-Pescade, et enlève le couvercle de cette bière. »

Cela fut fait en quelques minutes.

Le docteur Antékirtt écarta de la main le drap blanc qui recouvrait le corps et il appuya sa tête sur sa poitrine, comme pour écouter les battements du cœur. Puis, se relevant :

« Retire ce corps, » dit-il à Cap Matifou.

Cap Matifou obéit, sans que ni lui ni Pointe Pescade, quoiqu'il s'agît d'une exhumation interdite, eussent fait une seule objection.

Lorsque le corps de Pierre Bathory eut été déposé sur l'herbe, Cap Matifou le réenveloppa de son linceul, sur lequel le docteur jeta son manteau. Le couvercle fut alors revissé, la bière replacée dans la cavité du mur, la plaque remise sur l'orifice qu'elle recouvrit comme avant.

Le docteur interrompit le courant de sa lanterne électrique, et l'obscurité redevint profonde.

« Prends ce corps, » dit-il à Cap Matifou.

Cap Matifou souleva dans ses robustes bras le corps du jeune homme, comme il eût fait de celui d'un enfant : puis, précédé du docteur et suivi de

Pointe Pescade, il reprit la contre-allée, qui conduisait directement à la brèche du cimetière.

Cinq minutes après, la brèche étant franchie, le docteur, Pointe Pescade et Cap Matifou, après avoir contourné les murs de la ville, se dirigeaient vers le littoral.

Pas une parole n'avait été échangée; mais si l'obéissant Cap Matifou ne pensait pas plus qu'une machine, quelle succession d'idées se déroulait dans le cerveau de Pointe Pescade!

Dans le trajet du cimetière au littoral, le docteur Antékirtt et ses deux compagnons n'avaient rencontré personne sur leur route. Mais, en approchant de la petite anse, où devait les attendre le canot de l'*Electric*, ils aperçurent un douanier qui allait et venait, en se promenant sur les premières roches du rivage.

Ils continuèrent leur chemin, cependant, sans s'inquiéter de sa présence. Un nouveau cri, jeté par le docteur, fit venir à lui le patron de l'embarcation restée invisible.

Sur un signe, Cap Matifou descendit le revers des roches et se disposa à mettre le pied dans le canot.

A ce moment, le douanier s'approcha, et, comme l'embarquement allait se faire :

11

« Qui êtes-vous ? demanda-t-il.

— Des gens qui vous donnent à choisir entre vingt florins comptant et un coup de poing de monsieur... aussi comptant ! » répondit Pointe Pescade, en montrant Cap Matifou.

Le douanier n'hésita pas : il prit les vingt florins.

« Embarquons ! » dit le docteur.

Un instant après, le canot avait disparu dans l'ombre. Cinq minutes plus tard, il accostait le long fuseau qu'il était impossible d'apercevoir du littoral.

L'embarcation fut hissée à bord, et l'*Electric*, mû par sa silencieuse machine, eut bientôt gagné le large.

Quant à Cap Matifou, il avait déposé le corps de Pierre Bathory sur un divan dans une étroite chambre, dont aucun hublot ne laissait passer la lumière à l'extérieur.

Le docteur, resté seul près de ce corps, se pencha sur lui, et ses lèvres vinrent baiser son front décoloré.

« Maintenant, Pierre, réveille-toi ! dit-il. Je le veux ! »

Aussitôt, comme s'il n'eût été qu'endormi de ce sommeil magnétique si semblable à la mort, Pierre rouvrit les yeux.

Une sorte de répulsion se peignit d'abord sur

ses traits, quand il reconnut le docteur Antékirtt.

« Vous!... murmura-t-il, vous qui m'avez abandonné!

— Moi, Pierre!

— Mais qui êtes-vous donc?

— Un mort... comme toi!

— Un mort?...

— Je suis le comte Mathias Sandorf! »

FIN DE LA DEUXIÈME PARTIE.

TROISIÈME PARTIE

I

MÉDITERRANÉE.

« La Méditerranée est belle, surtout par deux
caractères : son cadre si harmonique, et la vivacité,
la transparence de l'air et de la lumière... Telle
qu'elle est, elle trempe admirablement l'homme.
Elle lui donne la force sèche, la plus résistante; elle
fait les plus solides races. »

Michelet a dit cela et l'a bien dit. Mais il est heureux pour l'humanité que la nature, à défaut d'Hercule, ait séparé le rocher de Calpé du rocher
d'Abyla pour former le détroit de Gibraltar. Il faut
même admettre, en dépit des assertions de maints

11.

géologues, que ce détroit a existé de tout temps.
Sans lui, pas de Méditerranée. En effet, l'évaporation
enlève à cette mer trois fois plus d'eau que ne lui
en fournissent ses fleuves, et, faute de ce courant
de l'Atlantique qui la régénère en se propageant à
travers le détroit, elle ne serait plus, depuis bien des
siècles, qu'une sorte de Mer Morte, au lieu d'être
par excellence la Mer Vivante.

C'est dans un des plus profonds réduits, l'un des
plus inconnus de ce vaste lac méditerranéen, que le
comte Mathias Sandorf, — il devait rester jusqu'à
l'heure voulue, jusqu'à l'entier accomplissement
de son œuvre, le docteur Antékirtt, — avait caché
sa vie pour bénéficier de tous les avantages que lui
donnait sa fausse mort.

Il y a deux Méditerranées sur le globe terrestre,
l'une dans l'ancien Monde, l'autre dans le nouveau.
La Méditerranée américaine, c'est le golfe du
Mexique ; elle ne couvre pas moins de quatre millions et demi de kilomètres. Si la Méditerranée latine
n'a qu'une superficie de deux millions huit cent
quatre-vingt-cinq mille cinq cent vingt-deux kilomètres carrés, soit la moitié de l'autre, elle est
plus variée dans son dessin général, plus riche en
bassins et en golfes distincts, en larges subdivisions
hydrographiques qui ont mérité le nom de mers.

Tels, l'Archipel grec, la mer de Crète, au-dessus de l'île de ce nom, la mer Lybique, au-dessous, la mer Adriatique entre l'Italie, l'Autriche, la Turquie et la Grèce, la mer Ionienne qui baigne Corfou, Zante, Céphalonie et autres îles, la mer Tyrrhénienne dans l'ouest de l'Italie, la mer Eolienne autour du groupe Lipariote, le golfe du Lion, échancrure de la Provence, le golfe de Gênes, échancrure des deux Liguries, le golfe de Gabès, échancrure des rivages tunisiens, les deux Syrtes, si profondément creusées entre la Cyrénaique et la Tripolitaine dans le continent africain.

De quel secret endroit de cette mer, dont certains atterrages sont peu connus encore, le docteur Antékirtt avait-il fait choix pour y vivre? Il y a des îles par centaines, des îlots par milliers, sur le périple de cet immense bassin. On chercherait vainement à en compter les pointes et les criques. Que de peuples, différents de race, de mœurs, d'état politique, se pressent sur ce littoral, où l'histoire de l'humanité a mis son empreinte depuis plus de vingt siècles, des Français, des Italiens, des Espagnols, des Autrichiens, des Ottomans, des Grecs, des Arabes, Égyptiens, Tripolitains, Tunisiens. Algériens, Marocains, — même des Anglais, à Gibraltar, à Malte et à Chypre. Trois vastes continents l'enserrent de leurs rivages : l'Europe, l'Asie, l'Afrique. Où donc le comte Mathias Sandorf, devenu le docteur Antékirtt, — nom qui était cher aux pays orientaux, — avait-il cherché la lointaine résidence, dans laquelle allait s'élaborer le programme de sa vie nouvelle? C'est ce qu'allait bientôt apprendre Pierre Bathory.

Pierre, après avoir rouvert un instant les yeux, était retombé dans une prostration complète, aussi insensible qu'au moment où le docteur l'avait laissé pour mort dans la maison de Raguse. A ce moment, le docteur venait de produire un de ces effets physiologiques dans lesquels la volonté joue un si grand rôle, et dont les phénomènes ne sont plus mis en doute. Doué d'une singulière puissance de suggestion, il avait pu, sans s'aider de la lumière du magnésium ni même d'un point métallique brillant, rien que par la pénétration de son regard, provoquer chez le jeune mourant un état hypnotique, et substituer sa volonté à la sienne. Pierre, très affaibli par la perte de son sang, n'ayant plus apparence de vie, n'était qu'endormi, cependant, et il venait de se réveiller par la volonté du docteur. Mais cette vie prête à s'échapper, il s'agissait de la conserver maintenant. Tâche difficile, car elle exigeait des soins minutieux et toutes les ressources de l'art médical. Le docteur n'y devait point faillir.

« Il vivra!... Je veux qu'il vive! se répétait-il. Ah! pourquoi, à Cattaro, n'ai-je pas mis mon premier projet à exécution?... Pourquoi l'arrivée de Sarcany, à Raguse, m'a-t-elle empêché de l'arracher à cette ville maudite!... Mais je le sauverai!... A l'avenir, Pierre Bathory doit être le bras droit de Mathias Sandorf! »

En effet, depuis quinze ans, punir et récompenser, telle avait été la pensée constante du docteur Antékirtt. Ce qu'il devait à ses compagnons, Étienne Bathory et Ladislas Zathmar, encore plus qu'à lui-même, il ne l'avait pas oublié. Maintenant l'heure était venue d'agir, et c'est pourquoi la *Savarèna* l'avait transporté à Raguse.

Le docteur, pendant cette longue période, avait changé au physique, et, de telle façon qu'il eût été impossible de le reconnaître. Ses cheveux, qu'il portait en brosse, étaient devenus blancs, et son teint avait pris une pâleur mate. C'était un de ces hommes de cinquante ans, qui ont gardé la force de la jeunesse, tout en gagnant la froideur et le calme de l'âge mûr. La chevelure touffue, le teint coloré, la barbe d'un rouge vénitien du jeune comte Sandorf, rien de cela ne pouvait revenir à l'esprit de ceux qui se trouvaient en présence du sévère et froid docteur Antékirtt. Mais plus affiné, plus trempé, il était resté une de ces natures de fer, dont on pourrait dire qu'elles troubleraient l'aiguille aimantée rien qu'en l'approchant. Eh bien! du fils d'Étienne Bathory, il voulait, il saurait faire ce qu'il avait fait de lui-même.

D'ailleurs, et depuis longtemps déjà, le docteur Antékirtt était resté seul de toute cette grande famille des Sandorf. On ne l'a pas oublié, il avait un enfant, une petite fille, qui, après son arrestation, avait été confiée à la femme de Landeck, l'intendant du château d'Artenak. Cette petite fille, âgée de deux ans alors, était l'unique héritière du comte. C'est à elle que devait revenir, quand elle aurait dix-huit ans, la moitié des biens de son père, réservée par le jugement qui prononçait la confiscation en même temps que la mort. L'intendant Landeck, ayant été laissé en qualité de régisseur de cette portion du domaine de Transylvanie mise sous séquestre, sa femme et lui étaient restés au château avec cette enfant, à laquelle ils voulaient vouer toute leur vie. Mais il semblait qu'une fatalité pesât sur la famille Sandorf, maintenant réduite à ce petit être. Quelques mois après la condamnation des conspirateurs de Trieste et les événements qui en furent la conséquence, cette enfant disparut, sans qu'il fût possible de la retrouver. On ne recueillit que son chapeau sur le bord de l'un de ces nombreux cours d'eau que les contreforts voisins versaient dans le parc. Il fut donc malheureusement trop certain que la petite fille avait été entraînée au fond de l'un de ces gouffres dans lesquels se jettent les torrents des Carpathes, et on n'en put relever aucun autre vestige. Rosena Landeck, la femme de l'intendant, frappée mortellement par une telle catastrophe, mourut quelques semaines après. Cependant, le gouvernement ne voulut rien changer aux dispositions prises à l'époque du jugement. Le séquestre fut maintenu sur la partie réservée du domaine, et les biens du comte Sandorf ne devaient faire retour à l'État, que si son héritière, dont la mort n'avait pu être légalement constatée, ne reparaissait pas dans le temps fixé pour qu'elle pût recueillir l'héritage.

Tel fut le dernier coup qui avait atteint la race des Sandorf, menacée de s'éteindre par la disparition du seul rejeton de cette noble et puissante famille. Puis, le temps accomplit peu à peu son œuvre, et l'oubli se fit sur cet événement comme sur tous les faits qui se rattachaient à la conspiration de Trieste.

Ce fut à Otrante, où il vivait alors dans le plus

strict incognito, que Mathias Sandorf apprit la mort de son enfant. Avec cette petite fille disparaissait tout ce qui lui était resté de la comtesse Réna, si peu de temps sa femme, et qu'il avait tant aimée! Puis, un jour, il quitta Otrante, inconnu comme il y était arrivé, et personne n'eût su dire où il était allé recommencer sa vie.

Quinze ans plus tard, au moment où le comte Mathias Sandorf reparaissait sur la scène, nul n'aurait pu soupçonner qu'il se cachait sous le nom et qu'il jouait ce rôle du docteur Antékirtt.

C'est alors que Mathias Sandorf se donna tout entier à son œuvre. Maintenant il était seul au monde, avec une tâche à accomplir, — tâche qu'il regardait comme sacrée. Plusieurs années après avoir quitté Otrante, devenu puissant de toute cette puissance que peut donner une immense fortune, acquise dans des circonstances qui seront bientôt connues, oublié, et couvert par son incognito, il se remit sur la trace de ceux qu'il s'était juré de récompenser ou de punir. Déjà, dans sa pensée, Pierre Bathory devait être associé à cette œuvre de justice. Des agents furent établis par ses soins dans diverses villes du littoral méditerranéen. Largement rétribués, tenus à garder le secret le plus absolu dans leurs fonctions, ils ne correspondaient qu'avec le docteur, soit par les rapides engins que l'on connaît, soit par le fil sous-marin qui reliait l'île Antékirtta aux cables électriques de Malte, et par Malte, avec l'Europe.

Ce fut, en faisant vérifier les dires de ses agents, que le docteur parvint à retrouver les traces de tous ceux qui avaient été mêlés directement ou indirectement à la conspiration du comte Sandorf. Il put donc les surveiller de loin, se tenir au courant de leurs actes, et, pour ainsi dire, les suivre pas à pas, surtout depuis quatre ou cinq ans. Silas Toronthal, il sut qu'il avait quitté Trieste pour venir se fixer à Raguse avec sa femme et sa fille dans cet hôtel du Stradone. Sarcany, il releva sa piste à travers les principales villes d'Europe, où il dévorait sa fortune, puis en Sicile, au milieu de ces provinces de l'est, dans lesquelles son compagnon Zirone et lui méditaient quelque coup qui pût les remettre à flot. Carpena, il apprit qu'il avait quitté Rovigno et l'Istrie pour vivre à rien faire en Italie ou en Autriche, tant que les quelques milliers de florins, solde de sa délation, lui permettraient de rester oisif. Puis, ce fût Andréa Ferrato qu'il eût fait évader du bagne de Stein, en Tyrol, où il expiait sa généreuse conduite envers les fugitifs de Pisino, si la mort ne fut venue, après quelques

12

mois, délivrer l'honnête pêcheur des fers du galé-
rien. Quant à ses enfants, Maria et Luigi, eux aussi
avaient abandonné Rovigno, et, sans doute, ils lut-
taient contre les misères d'une vie deux fois brisée !
Mais ils s'étaient si bien cachés qu'il n'avait pas
été possible de se remettre sur leurs traces. Pour
Mme Bathory, établie à Raguse avec son fils, Pierre,
et Borik, le vieux serviteur de Ladislas Zathmar, le
docteur ne l'avait jamais perdue de vue, et l'on sait
comment il leur avait fait parvenir une somme considérable, qui ne fut pas acceptée par la fière et
courageuse femme.

Mais l'heure était venue, enfin, où le docteur
allait pouvoir commencer sa difficile campagne.
C'est alors qu'assuré de ne jamais être reconnu,
après quinze ans d'absence, lui que l'on croyait
mort, il arriva à Raguse. Et ce fut juste à point
pour trouver le fils d'Étienne Bathory et la fille
de Silas Toronthal, unis dans un amour qu'il fallait
briser à tout prix.

On n'a pas oublié ce qui arriva alors, l'intervention de Sarcany en cette affaire, les conséquences qu'elle amena de part et d'autre, comment
Pierre Bathory fut rapporté dans la maison de sa
mère, ce que fit le docteur Antékirtt, au moment
où le jeune homme allait mourir, comment et dans

quelles conditions il le rappela à la vie, pour se révéler à lui sous son véritable nom de Mathias Sandorf.

Maintenant, il fallait le guérir, il fallait lui apprendre tout ce qu'il ignorait encore, c'est-à-dire qu'une odieuse trahison avait livré avec son père les deux compagnons d'Étienne Bathory, il fallait lui dire quels étaient les traîtres, il fallait enfin l'associer à ce rôle d'implacable justicier que le docteur prétendait exercer en dehors de la justice humaine, puisque lui-même avait été victime de cette justice.

Donc, avant tout, la guérison de Pierre Bathory, et ce fut à cette guérison qu'il importait de se donner tout entier.

Pendant les huit premiers jours après son transport dans l'île, Pierre fut véritablement entre la vie et la mort. Non seulement sa blessure avait un caractère très grave, mais son moral était plus malade encore. Le souvenir de Sava, qu'il devait croire mariée maintenant avec ce Sarcany, la pensée de sa mère qui le pleurait, puis cette résurrection du comte Mathias Sandorf, vivant sous le nom du docteur Antékirtt, — Mathias Sandorf, l'ami le plus dévoué de son père, — tout cela était bien pour troubler une âme si éprouvée déjà.

Le docteur ne voulut quitter Pierre, ni jour ni

nuit. Il l'entendit dans son délire répéter le nom de Sava Toronthal. Il comprit combien son amour était profond, et quelle torture le mariage de celle qu'il aimait devait lui infliger. Il en vint à se demander si cet amour ne résisterait pas à tout, même quand Pierre apprendrait que Sava était la fille de l'homme qui avait livré, vendu, tué son père. Le docteur le lui dirait, cependant. Il y était résolu. C'était son devoir.

Vingt fois, on put croire que Pierre Bathory allait succomber. Doublement atteint au moral et au physique, il fut si près de la mort qu'il ne reconnaissait plus le comte Mathias Sandorf à son chevet ! Il n'avait même plus la force de prononcer le nom de Sava !

Cependant les soins l'emportèrent et la réaction se fit. La jeunesse reprit le dessus. Le malade allait guérir du corps, bien avant de guérir de l'âme. Sa blessure commença à se cicatriser, ses poumons reprirent leur fonctionnement normal, et, vers le 17 juillet, le docteur eut l'assurance que Pierre serait sauvé.

Ce jour-là, le jeune homme le reconnut. D'une voix bien faible encore, il put l'appeler de son vrai nom.

« Pour toi, mon fils, je suis Mathias Sandorf, lui répondit-il, mais pour toi seul ! »

Et, comme Pierre, d'un regard, semblait lui demander des explications qu'il devait être si impatient d'obtenir :

« Plus tard, ajouta-t-il, plus tard ! »

C'était dans une jolie chambre, largement exposée à la saine brise de mer, dont les fenêtres s'ouvraient au nord et à l'est, sous l'ombrage de beaux arbres auxquels des eaux vives et courantes conservaient une éternelle verdeur, que la convalescence de Pierre allait s'opérer rapidement et sûrement. Le docteur ne cessa pas de lui donner ses soins ; il accourait près de lui à tout instant ; mais, depuis que la guérison lui avait paru assurée, qu'on ne s'étonne pas s'il s'était adjoint un aide, dont l'intelligence et la bonté lui inspiraient une absolue confiance.

C'était Pointe Pescade, dévoué à Pierre Bathory comme au docteur. Il va sans dire que Cap Matifou et lui avaient gardé le plus absolu secret sur tout ce qui s'était passé au cimetière de Raguse, et qu'ils ne devaient jamais révéler à personne que le jeune homme eût été retiré vivant de sa tombe.

Pointe Pescade avait été mêlé assez intimement à tous les faits qui venaient de se produire, pendant cette période de quelques mois. Par suite, il s'était pris d'un vif intérêt pour son malade. Cet amour de Pierre Bathory, traversé par l'intervention de Sarcany, — un impudent qui lui inspirait une antipathie bien justifiée! — la rencontre du convoi et des voitures de mariage devant l'hôtel du Stradone, l'exhumation pratiquée dans le cimetière de Raguse, tout cela avait profondément remué ce bon être, et, d'autant mieux qu'il se sentait associé, sans en comprendre encore le but, aux desseins du docteur Antékirtt.

Il s'ensuit donc que Pointe Pescade accepta avec empressement la tâche de garder le malade. Recommandation lui fut faite, en même temps, de le distraire, autant que possible, par sa joyeuse humeur. Il n'y faillit point. D'ailleurs, depuis la fête de Gravosa, il considérait Pierre Bathory comme un créancier, et, à l'occasion, il s'était toujours promis de s'acquitter d'une façon ou d'une autre.

Voilà donc pourquoi Pointe Pescade, installé près du convalescent, s'essayait à détourner le cours de ses pensées en causant, en bavardant, en ne lui laissant pas le temps de réfléchir.

C'est dans ces conditions, qu'un jour, sur une demande directe de Pierre, il fut amené à dire comment il avait fait la connaissance du docteur Antékirtt.

« C'est l'affaire du trabacolo. monsieur Pierre!

répondit-il. Vous devez vous en souvenir!... L'affaire du trabacolo, qui a fait tout simplement un
héros de Cap Matifou! »

Pierre n'avait point oublié le grave événement
qui avait marqué la fête de Gravosa, à l'arrivée du
yacht de plaisance; mais il ignorait que, sur la
proposition du docteur, les deux acrobates eussent
abandonné leur métier pour passer à son service.

« Oui, monsieur Bathory! répondit Pointe Pescade.
Oui! cela est, et le dévouement de Cap Matifou a été
pour nous un coup de fortune! Mais ce que nous devons au docteur ne doit pas nous faire oublier ce que
nous devons à vous-même!

— A moi?

— A vous, monsieur Pierre, à vous qui, ce jour-
là, avez failli devenir notre public, c'est-à-dire une
somme de deux florins que nous n'avons pas
gagnée, puisque notre public nous a fait défaut,
bien qu'il eût payé sa place! »

Et Pointe Pescade rappela à Pierre Bathory comment, au moment d'entrer dans l'arène provençale,
après avoir versé cette somme de deux florins, il
avait tout à coup disparu.

Le jeune homme avait perdu le souvenir de cet
incident, mais il répondit en souriant à Pointe
Pescade. Triste sourire, car il se souvint aussi qu'il

ne s'était mêlé à la foule que pour y retrouver Sava Toronthal!

Ses yeux se refermèrent alors. Il réfléchissait à tout ce qui était advenu depuis ce jour. En songeant à Sava qu'il croyait, qu'il devait croire mariée, une douloureuse angoisse l'étreignait, et il était tenté de maudire ceux qui l'avaient arraché à la mort!

Pointe Pescade vit bien que cette fête de Gravosa rappelait à Pierre de tristes souvenirs. Il n'insista donc pas, il garda même le silence, se disant à part lui :

« Une demi-cuillerée de bonne humeur à faire prendre toutes les cinq minutes à mon malade, oui! voilà bien l'ordonnance du docteur, mais pas commode à suivre! »

Ce fut Pierre, qui rouvrit les yeux quelques instants plus tard, et reprit la parole :

« Ainsi, Pointe Pescade, demanda-t-il, avant l'affaire du trabacolo, vous ne connaissiez pas le docteur Antékirtt?

— Nous ne l'avions jamais vu, monsieur Pierre, répondit Pointe Pescade, et nous ignorions jusqu'à son nom.

— Depuis ce jour vous ne l'avez jamais quitté?

— Jamais, si ce n'est que pour quelques missions, dont il avait bien voulu me charger.

— Et en quel pays sommes-nous ici? Pourriez-vous me le dire, Pointe Pescade?

— J'ai lieu de croire, monsieur Pierre, que nous sommes dans une île, puisque la mer nous environne.

— Sans doute, mais dans quelle partie de la Méditerranée?

— Ah! voilà! Est-ce au sud, est-ce au nord, est-ce à l'ouest, est-ce à l'est, répondit Pointe Pescade, c'est ce que j'ignore absolument! Après tout, peu importe! Ce qui est certain, c'est que nous sommes chez le docteur Antékirtt, et qu'on y est bien nourri, bien habillé, bien couché, sans compter les égards ..

— Mais, au moins, savez-vous comment se nomme cette île dont vous ne connaissez pas la situation? demanda Pierre.

— Comment elle se nomme?... Oh! parfaitement! répondit Pointe Pescade. Elle se nomme Antékirtta! »

Pierre Bathory chercha vainement dans sa mémoire si quelque île de la Méditerranée portait ce nom, et il regarda Pointe Pescade.

« Oui, monsieur Pierre, oui! répondit le brave garçon, Antékirtta. Par rien du tout de longitude et encore moins de latitude, Méditerranée, c'est à cette adresse que mon oncle devrait m'écrire, si j'avais un oncle, mais jusqu'ici le ciel m'a refusé cette joie! Après tout, rien d'étonnant à ce que cette île s'appelle Antékirtta, puisqu'elle appartient au docteur Antékirtt! Quant à vous dire si le docteur a pris son nom de l'île ou si l'île a pris son nom du docteur, voilà ce qui me serait impossible, même si j'étais secrétaire-général de la Société de Géographie! »

Cependant, la convalescence de Pierre suivait son cours régulier. Aucune des complications que l'on pouvait craindre ne se produisit. Avec une nourriture plus substantielle, mais prudemment ménagée, le malade reprenait visiblement ses forces de jour en jour. Le docteur le visitait souvent et causait avec lui de toutes choses, excepté de celles qui devaient plus directement l'intéresser. Et Pierre, ne voulant pas provoquer des confidences prématurées, attendait qu'il lui convînt de les faire.

Pointe Pescade avait toujours fidèlement rapporté au docteur les bribes de conversation échangées entre son malade et lui. Évidemment, cet incognito qui couvrait non seulement le comte Mathias Sandorf, mais jusqu'à l'île dont il faisait sa résidence, préoccupait Pierre Bathory. Non moins évidemment, il pensait toujours à Sava Toronthal, si éloignée de lui maintenant, puisque toute communication semblait rompue entre Antékirtta et le reste du continent européen. Mais le moment approchait où il serait assez fort pour tout entendre!

Oui! Tout entendre, et, ce jour-là, comme le chirurgien qui opère, le docteur serait insensible aux cris du patient.

Plusieurs jours s'écoulèrent. La blessure du jeune homme était complètement cicatrisée. Déjà même il pouvait se lever et prendre place près de la fenêtre de sa chambre. Un bon soleil méditerranéen venait l'y caresser, une vivifiante brise de mer, emplissant ses poumons, lui rendait santé et vigueur. Comme malgré lui, il se sentait renaître. Alors ses yeux s'attachaient obstinément sur cet horizon sans bornes, au delà duquel il eût voulu plonger son regard, et, en lui, le moral était bien malade encore. Cette vaste étendue d'eau, autour de l'île inconnue, était presque toujours déserte. A peine quelques caboteurs, chébecs ou tartanes, polacres ou speronares, apparaissaient-ils au large, sans jamais faire route pour y accoster. Jamais un grand navire de commerce, jamais un de ces paquebots, dont les lignes sillonnent en tous sens le grand lac européen.

On eût dit, en vérité, qu'Antékirtta se trouvait reléguée aux confins du monde.

Le 24 juillet, le docteur annonça à Pierre Bathory qu'il pourrait sortir le lendemain dans l'après-midi, et il s'offrit à l'accompagner pendant cette première promenade.

« Docteur, répondit Pierre, si j'ai la force de sortir, je dois avoir la force de vous entendre!

— M'entendre, Pierre!... Que veux-tu dire?

— Je veux dire que vous savez toute mon histoire et que, moi, je ne sais pas la vôtre! »

Le docteur le regarda attentivement, non plus en ami, mais en médecin qui va décider s'il portera le fer ou le feu dans les chairs vives du malade. Puis, s'asseyant près de lui :

« Tu veux connaître mon histoire, Pierre? Écoute-moi donc! »

II

LE PASSÉ ET LE PRÉSENT.

« Et d'abord l'histoire du docteur Antékirtt, qui commence au moment où le comte Mathias Sandorf vient de se précipiter dans les eaux de l'Adriatique.

« Au milieu de cette grêle de balles, dont me couvrit la dernière décharge des agents de la police, je passai sain et sauf. La nuit était très obscure. On ne pouvait me voir. Le courant portait au large, et je n'aurais pu revenir à terre, même si je l'eusse voulu. Je ne voulais pas, d'ailleurs. Mieux valait mourir que d'être repris pour être ramené et fusillé au donjon de Pisino. Si je succombais, tout était fini. Si je parvenais à me sauver, je pourrais, du moins, passer pour mort. Rien ne me gênerait plus dans l'œuvre de justice que j'avais juré au comte

Zathmar, à ton père et à moi-même d'accomplir...
et que j'accomplirai!

— Une œuvre de justice? répondit Pierre, dont
l'œil s'anima à ce mot, si inattendu pour lui.

— Oui, Pierre, et cette œuvre, tu la connaîtras,
car c'est pour t'y associer que j'ai été t'arracher,
mort comme moi, mais vivant comme moi, au cimetière de Raguse! »

A ces paroles, Pierre Bathory se sentit reporté de
quinze ans en arrière, à cette époque où son père
tombait sur la place d'armes de la forteresse de Pisino.

« Devant moi, reprit le docteur, s'ouvrait toute
une mer jusqu'au littoral italien. Si bon nageur
que je fusse, je ne pouvais prétendre à la traverser. A moins d'être providentiellement secouru, soit
que je rencontrasse une épave, soit qu'un navire
étranger me recueillît à son bord, j'étais destiné à
périr. Mais, quand on a fait le sacrifice de sa vie,
on est bien fort pour la défendre, si la défense
devient possible.

« D'abord, j'avais plongé, à plusieurs reprises
pour échapper aux derniers coups de feu. Puis,
lorsque je fus certain de n'être plus aperçu, je me
maintins à la surface de la mer et je me dirigeai
vers le large. Mes vêtements me gênaient peu, étant
fort légers et ajustés au corps.

« Il devait être alors neuf heures et demie du soir. Suivant mon estime, je nageai pendant plus d'une heure dans une direction opposée à la côte, en m'éloignant de ce port de Rovigno, dont je vis les dernières lumières s'effacer peu à peu.

« Où allai-je ainsi et quel était mon espoir? Je n'en avais aucun, Pierre, mais je sentais en moi une force de résistance, une ténacité, une volonté surhumaines qui me soutenaient. Ce n'était plus ma vie que je cherchais à sauver, c'était mon œuvre dans l'avenir! Et à ce moment, si quelque barque de pêche fût venue à passer, j'eusse aussitôt plongé pour l'éviter! Sur ce littoral autrichien, combien de traîtres pouvais-je trouver encore, prêts à me livrer pour toucher leur prime, combien de Carpena pour un honnête Andréa Ferrato!

« Ce fut même ce qui arriva à la fin de la première heure. Une embarcation apparut dans l'ombre, presque subitement. Elle venait du large et courait au plus près pour atteindre la terre. Comme j'étais déjà fatigué, je venais de m'étendre sur le dos, mais, instinctivement, je me retournai, prêt à disparaître. Une barque de pêche qui ralliait un des ports de l'Istrie ne pouvait que m'être suspecte!

« Je fus presque aussitôt fixé à cet égard. Un des matelots cria en langue dalmate de changer de bord. Soudain, je plongeai, et l'embarcation, avant que ceux qui la montaient eussent pu m'apercevoir, vira au-dessus de ma tête.

« A bout de respiration, je vins reprendre haleine à l'air libre, et je continuai à gagner dans l'ouest.

« La brise mollissait avec la nuit. Les lames tombaient avec le vent. Je n'étais plus soulevé que par de longues houles de fond qui m'entraînaient vers la haute mer.

« C'est ainsi que, tantôt nageant, tantôt me reposant, je m'éloignai de la côte pendant une heure encore. Je ne voyais que le but à atteindre, non le chemin à parcourir. Cinquante milles pour traverser l'Adriatique, oui, je voulais les franchir, oui! je les franchirais! Ah! Pierre! il faut avoir passé par de telles épreuves pour savoir ce dont l'homme est capable, quelle résultante, de la force morale unie à la force physique il peut sortir de la machine humaine!

« Pendant une seconde heure, je me soutins ainsi. Cette portion de l'Adriatique était absolument déserte. Les derniers oiseaux l'avaient abandonnée pour regagner leurs trous dans les roches. Il ne passait plus au-dessus de ma tête que des goëlands ou des mouettes, qui poussaient des cris aigus en s'envolant par couples.

« Cependant, bien que je ne voulusse rien sentir de la fatigue, mes bras devenaient lourds, mes jambes pesantes. Déjà mes doigts s'entr'ouvraient, et je ne parvenais que très difficilement à tenir mes mains fermées. Ma tête me pesait comme si j'eusse eu un boulet attaché aux épaules, et je commençais à ne plus pouvoir la maintenir hors de l'eau.

« Une sorte d'hallucination m'envahit alors. La direction de mes pensées m'échappa. D'étranges associations d'idées se firent dans mon cerveau troublé. Je sentis que je ne pourrais plus voir ni entendre qu'imparfaitement, soit un bruit qui se produirait à quelque distance de moi, soit une lumière, si je me trouvais tout à coup dans sa portée. Et ce fut précisément ce qui arriva.

« Il devait être environ minuit, quand il se fit un grondement sourd et lointain dans l'est, — grondement dont je n'aurais pu reconnaître la nature. Un éclat traversa mes paupières qui se fermaient malgré moi. J'essayai de redresser la tête, et je n'y parvins qu'en me laissant immerger à demi. Puis, je regardai.

« Je te donne tous ces détails, Pierre, parce qu'il faut que tu les connaisses et que, par là, tu me connaisses aussi !

13.

— Je n'ignore rien de vous, docteur, rien!
répondit le jeune homme. Pensez-vous donc que
ma mère ne m'ait pas appris ce qu'était le comte
Mathias Sandorf?

— Qu'elle ait connu Mathias Sandorf, soit,
Pierre, mais le docteur Antékirtt, non! Et c'est
celui-là qu'il faut que tu connaisses! Écoute-le
donc!... Écoute moi!

« Le bruit que j'avais entendu était produit par
un bâtiment qui venait de l'est et portait sur la côte
italienne. La lumière, c'était son feu blanc, sus-
pendu à l'étai de misaine, — ce qui indiquait un
steamer. Quant à ses feux de position, je ne tardai
pas à les apercevoir, le rouge à bâbord, le vert à tribord, et, comme je les voyais simultanément, c'est
que le bâtiment se dirigeait sur moi.

« L'instant allait être décisif. En effet, toutes les
chances étaient pour que ce steamer fût autrichien,
puisqu'il venait du côté de Trieste. Or, de lui demander asile, autant valait se remettre entre les
mains des gendarmes de Rovigno! J'étais bien
décidé à ne point le faire, mais non moins décidé
à profiter du moyen de salut qui se présentait.

« Ce steamer était un navire de vitesse. Il gran-
dissait démesurément en s'approchant de moi, et je
voyais la mer blanchir à son étrave. En moins de

deux minutes il devait avoir coupé la place où je restais immobile.

« Que ce steamer fût autrichien, je n'en doutais pas. Mais il n'y avait rien d'impossible à ce qu'il fût à destination de Brindisi et d'Otrante, ou du moins qu'il y fît escale. Or, si cela était, il devrait y arriver en moins de vingt-quatre heures.

« Mon parti fut pris : j'attendis. Sûr de n'être point aperçu au milieu de l'obscurité, je me maintins dans la direction suivie par cette énorme masse, dont la marche était très modérée alors, et que balançait à peine le roulement de la houle.

« Enfin le steamer arriva sur moi, dominant la mer de toute son étrave, à plus de vingt pieds de hauteur. Je fus englobé dans l'écume de l'avant, mais non heurté. La longue coque de fer me frôla, et je m'écartai vigoureusement de la main. Cela dura quelques secondes à peine. Puis, quand je vis se dessiner les façons relevées de l'arrière, au risque d'être broyé par l'hélice, je m'accrochai au gouvernail.

« Heureusement, le steamer était en pleine charge, et son hélice, profondément immergée, ne battait pas l'eau à sa surface, car je n'aurais pu me dégager de ce tourbillon ni retenir le point d'appui auquel je m'étais cramponné. Mais, comme cela

existe dans tous les navires à vapeur, deux chaînes
de fer pendaient à l'arrière et venaient se relier au
gouvernail. Je saisis l'une de ces chaînes, je m'élevai
jusqu'à leur crampon d'amarrage, un peu au-dessus
de l'eau, je m'installai tant bien que mal près de
l'étambot... J'étais relativement en sûreté.

« Trois heures après, le jour vint. Je calculai
qu'il me faudrait rester dans cette situation pendant
vingt heures encore, si le steamer faisait escale à
Brindisi ou à Otrante. Ce dont je devrais le plus
souffrir, ce serait de la soif et de la faim. L'important, c'est que je ne pouvais être aperçu du pont,
ni même de la baleinière, suspendue à l'arrière sur
ses porte-manteaux. De quelques bâtiments courant
à contre-bord, il est vrai que je pouvais être vu et
signalé. Mais peu de navires nous croisèrent pendant
cette journée, et ils passèrent assez loin pour qu'on
ne pût apercevoir un homme accroché dans les
chaînes du gouvernail.

« Un ardent soleil me permit bientôt de faire
sécher mes vêtements, dont je me dépouillai. Les
trois cents florins d'Andréa Ferrato étaient toujours
dans ma ceinture. Ils devaient m'assurer la sécurité,
lorsque je serais à terre. Là, je n'aurais rien à
craindre. En pays étranger, le comte Mathias Sandorf,
n'avait point à redouter les agents de l'Autriche. Il

n'y a pas d'extradition pour les réfugiés politiques. Mais il ne me suffisait pas que ma vie fût sauve, je voulais que l'on crût à ma mort. Personne ne devait savoir que le dernier fugitif du donjon de Pisino eût pris pied sur la terre italienne.

« Ce que je voulais se réalisa. La journée se passa sans incidents. La nuit vint. Vers dix heures du soir, un feu brilla à intervalles réguliers dans le sud-ouest. C'était le phare de Brindisi. Deux heures après, le steamer donnait à travers les passes.

« Mais alors, avant que le pilote fût venu à bord, environ à deux milles de terre, après avoir fait un paquet de mes vêtements que je fixai sur mon cou, j'abandonnai les chaînes du gouvernail, et je me glissai doucement dans l'eau.

« Une minute après, j'avais perdu de vue le steamer, qui jetait dans l'air les hennissements de son sifflet à vapeur.

« Une demi-heure plus tard, par une mer calme, sur une grève sans ressac, je débarquai à l'abri de tout regard, je me réfugiai dans les roches, je me rhabillai, et, au fond d'une anfractuosité, garnie de goëmons secs, la fatigue l'emportant sur la faim, je m'endormis.

« Au lever du jour, j'entrai à Brindisi, je cher-chai un des plus modestes hôtels de la ville, et là, j'attendis les événements, avant d'arrêter le plan de toute une vie nouvelle.

« Deux jours après, Pierre, les journaux m'apprenaient que la conspiration de Trieste avait eu son dénouement. On disait aussi que des recherches avaient été faites pour retrouver le corps du comte Sandorf, mais sans résultat. J'étais tenu pour mort, — aussi mort que si je fusse tombé avec mes deux compagnons, Ladislas Zathmar et ton père, Etienne Bathory, sur la place d'armes du donjon de Pisino !

« Moi, mort !... Non, Pierre, et l'on verra si je suis vivant ! »

Pierre Bathory avait avidement écouté le récit du docteur. Il était aussi vivement impressionné que si ce récit lui eût été fait du fond d'une tombe. Oui ! c'était le comte Mathias Sandorf qui parlait ainsi ! Vis-à-vis de lui, vivant portrait de son père, sa froideur habituelle l'avait peu à peu abandonné, il lui avait ouvert entièrement son âme, il venait de la lui montrer telle qu'elle était, après l'avoir cachée à tous depuis tant d'années ! Mais il n'avait encore rien dit de ce que Pierre brûlait d'apprendre, rien de ce qu'il attendait de son concours !

Ce que le docteur venait de raconter de son audacieuse traversée de l'Adriatique, était vrai jusque dans ses moindres détails. C'est ainsi qu'il était arrivé sain et sauf à Brindisi, tandis que Mathias Sandorf allait rester mort pour tous.

Mais il s'agissait de quitter Brindisi sans retard. Cette ville n'est qu'un port de passage. On vient s'y embarquer pour les Indes ou y débarquer pour l'Europe. Il est le plus souvent vide, excepté un ou deux jours par semaine, à l'arrivée des paquebots, et plus particulièrement de ceux de la « Peninsular and Oriental Company ». Or, cela suffisait pour que le fugitif de Pisino pût être reconnu, et, on le répète, s'il n'avait rien à craindre pour sa vie, il lui importait que l'on crût à sa mort.

C'est à cela que le docteur réfléchissait, le lendemain de son arrivée à Brindisi, en se promenant au pied de la terrasse que domine la colonne de Cléopâtre, à l'endroit même où commençait l'antique voie Appienne. Déjà le plan de sa vie nouvelle était arrêté. Il voulait aller dans l'Orient conquérir la richesse, et avec elle la puissance. Mais de s'embarquer sur un de ces paquebots qui font le service sur la côte de l'Asie Mineure, au milieu de passagers de toutes nations, cela ne pouvait lui convenir. Il lui fallait un moyen de transport plus secret qu'il ne pouvait trouver à Brindisi. Aussi, le soir même, partait-il pour Otrante par le chemin de fer.

En une heure et demie, le train eut atteint cette ville, située presque au bout du talon de la botte italienne, sur ce canal qui forme l'étroite entrée de l'Adriatique. Là, dans ce port presque aban-donné, le docteur put faire prix avec le patron d'un chébec, prêt à partir pour Smyrne, où il réexportait un chargement de petits chevaux alba-nais qui n'avaient pas trouvé acquéreur à Otrante.

Le lendemain, le chébec prenait la mer, et le docteur voyait s'abaisser sous l'horizon le phare de Punta di Luca, à l'extrême pointe de l'Italie, tandis que, sur la côte opposée, les monts Acro-cérauniens s'effaçaient dans les brumes. Quelques jours plus tard, après une traversée sans incidents, le cap Matapan était doublé à l'extrémité de la Grèce méridionale, et le chébec arrivait au port de Smyrne.

Le docteur avait succinctement raconté à Pierre cette partie de son voyage, puis aussi, comment il apprit par les journaux cette mort imprévue de sa petite fille, qui le laissait seul au monde !

« Enfin, dit-il, j'étais sur cette terre de l'Asie Mineure, où, pendant tant d'années, j'allais vivre inconnu C'est aux études de médecine, de chimie, de sciences naturelles, dont je m'étais nourri pen-dant ma jeunesse dans les écoles et universités de la Hongrie - où ton père professait avec tant de renom, — c'est à ces études que j'allais demander maintenant de suffire à mon existence.

« Je fus assez heureux pour réussir, et plus promptement que je ne devais l'espérer, d'abord à Smyrne, où, pendant sept ou huit ans, je me fis une grande réputation comme médecin. Quelques cures inespérées me mirent en rapport avec les plus riches personnages de ces contrées, dans lesquelles l'art médical est encore à l'état rudimentaire. Je résolus alors de quitter cette ville. Et, comme les professeurs d'autrefois, guérissant en même temps que j'enseignais l'art de guérir, m'initiant à la thérapeutique inconnue des talebs de l'Asie Mineure et des pandits de l'Inde, je parcourus toutes ces provinces, m'arrêtant, ici quelques semaines, là quelques mois, appelé, demandé, à Karahissar, à Binder, à Adana, à Haleb, à Tripoli, à Damas. toujours précédé d'une renommée qui croissait sans cesse, et récoltant une fortune qui croissait avec ma renommée.

« Mais ce n'était pas assez. Il me fallait acquérir une puissance sans bornes, telle qu'aurait pu l'avoir un de ces opulents rajahs de l'Inde, dont la science eût égalé la richesse.

« Cette occasion se présenta.

« Il y avait à Homs, dans la Syrie septentrionale,

14

un homme qui se mourait d'une maladie lente. Aucun médecin jusqu'alors n'avait pu en reconnaître la nature. De là, impossibilité d'appliquer un traitement convenable. Ce personnage, nommé Faz-Rhât, avait occupé de hautes positions dans l'empire ottoman. Il n'était alors âgé que de quarante-cinq ans, et regrettait d'autant plus la vie qu'une immense fortune lui permettait d'en épuiser toutes les jouissances.

« Faz-Rhât avait entendu parler de moi, car, à cette époque, ma réputation était déjà grande. Il me fit prier de venir le voir à Homs, et je me rendis à son invitation.

« Docteur, me dit-il, la moitié de ma fortune est à toi, si tu me rends la vie!

— Garde cette moitié de ta fortune! lui répondis-je. Je te soignerai et te guérirai, si Dieu le permet! »

« J'étudiai attentivement ce malade que les médecins avaient abandonné. Quelques mois, au plus, c'était tout ce qu'ils lui donnaient à vivre. Mais je fus assez heureux pour obtenir un diagnostic certain. Pendant trois semaines, je restai près de Faz-Rhât, afin de suivre les effets du traitement auquel je l'avais soumis. Sa guérison fut complète. Lorsqu'il voulut s'acquitter envers moi, je ne consentis à recevoir que le prix qui me paraissait dû. Puis, je quittai Homs.

« Trois ans plus tard, à la suite d'un accident de chasse, Faz-Rhât perdait la vie. Sans parents, sans descendants directs, son testament me faisait l'unique héritier de tous ses biens, dont la valeur représentative ne pouvait être estimée à moins de cinquante millions de florins [1].

« Il y avait treize ans alors que le fugitif de Pisino s'était réfugié dans ces provinces de l'Asie Mineure. Le nom du docteur Antékirtt, déjà devenu quelque peu légendaire, courait à travers toute l'Europe. J'avais donc obtenu le résultat que je voulais. Restait à atteindre maintenant ce qui était l'unique but de ma vie.

« J'avais résolu de revenir en Europe, ou tout au moins sur quelque point de la Méditerranée, vers son extrême limite. Je visitai le littoral africain, et, en la payant d'un haut prix, je me rendis acquéreur d'une île importante, riche, fertile, pouvant subvenir matériellement aux besoins d'une petite colonie, l'île Antékirtta. C'est ici, Pierre, que je suis souverain, maître absolu, roi sans sujets, mais avec un personnel qui m'est dévoué corps et âme, avec des moyens de défense qui seront redoutables quand je

1. Environ 125 millions de francs.

les aurai achevés, avec des engins de communi-
cations qui me relient à divers points du periple
méditerranéen, avec une flottille d'une rapidité telle
que, de cette mer, j'ai pu pour ainsi dire faire mon
domaine!

— Où est située l'île Antékirtta? demanda Pierre
Bathory.

— Sur les parages de la grande Syrte, dont la
réputation est détestable depuis la plus haute anti-
quité, à l'extrémité de cette mer que les vents du
nord rendent si dangereuse, même aux navires modernes, dans le fond de ce golfe de la Sidre, qui
échancre la côte africaine entre la régence de Tripolitaine et la Cyrénaïque! »

Là, en effet, au nord du groupe des îles Syrtiques, gît l'île Antékirtta. Bien des années avant,
le docteur parcourait les côtes de la Cyrénaïque,
Souza, l'ancien port de Cyrène, le pays de Barcah,
toutes ces villes qui ont remplacé les anciennes
Ptolémaïs, Bérénice, Adrianopolis, en un mot, cette
antique Pentapole, autrefois grecque, macédo-
nienne, romaine, persane, sarrasine, etc., maintenant arabe et relevant du pachalik de Tripoli. Les
hasards de son voyage, — car il allait un peu où
on le demandait, — le portèrent jusqu'à ces nombreux archipels qui sont semés sur le littoral

lybien, Pharos et Anthirode, les jumelles de Plinthine, Enesipte, les roches Tyndariennes, Pyrgos, Platée, Ilos, les Hyphales, les Pontiennes, les îles Blanches, et enfin les Syrtiques.

Là, dans le golfe de la Sidre, à trente milles au sud-ouest du vilâyet de Ben-Ghâzi, le point le plus rapproché de la côte, cette île Antékirtta attira plus particulièrement son attention. On l'appelait ainsi, parce qu'elle est située en avant des autres groupes Syrtiques ou Kyrtiques. Le docteur, dès ce moment, eut la pensée qu'un jour il en ferait son domaine, et, comme par une prise de possession anticipée, il se donna ce nom d'Antékirtt, dont la renommée ne tarda pas à s'étendre sur tout l'Ancien Monde.

Deux raisons graves lui avaient dicté ce choix : d'abord Antékirtta était suffisamment vaste, — dix-huit milles de circonférence, — pour contenir le personnel qu'il comptait y réunir; suffisamment élevée, puisque un cône, qui la domine de huit cents pieds, permettait de surveiller le golfe jusqu'au littoral de la Cyrénaïque; suffisamment variée en ses productions et arrosée par ses rios, pour subvenir aux besoins de quelques milliers d'habitants. En outre, elle était placée au fond de cette mer, terrible en ses tempêtes, qui, dans les temps préhistoriques, fut fatale aux Argonautes, dont Apollonius de Rhodes, Horace, Virgile, Properce, Sénèque, Valérius Flaccus, Lucain, et tant d'autres plus géographes que poètes, Polybe, Salluste, Strabon, Mela, Pline, Procope, signalèrent les effroyables dangers, en chantant ou décrivant ces Syrtes, ces « entraînantes, » véritable sens de leur nom.

C'était bien le domaine qui convenait au docteur Antékirtt. Ce fut celui qu'il acquit pour une somme considérable, en toute propriété, sans obligation féodale ni d'aucune autre sorte. — acte de cession qui fut pleinement ratifié par le Sultan et fit du possesseur d'Antékirtta un propriétaire souverain.

Depuis trois ans déjà, le docteur résidait en cette île. Environ trois cents familles d'Européens ou d'Arabes, attirés par ses offres et la garantie d'une vie heureuse, y formaient une petite colonie, comprenant à peu près deux mille âmes. Ce n'étaient point des esclaves ni même des sujets, mais des compagnons dévoués à leur chef, non moins qu'à ce coin du globe terrestre devenu leur nouvelle patrie.

Peu à peu, une administration régulière y fut organisée avec une milice préposée à la défense de l'île, une magistrature choisie parmi les notables, qui n'avait guère l'occasion d'exercer son mandat. Puis, sur des plans envoyés par le docteur dans les meilleurs chantiers de l'Angleterre, de la France ou de l'Amérique, on avait construit cette flottille merveilleuse, steamers, steam-yachts, goëlettes ou « Électrics, » destinée aux rapides excursions dans le bassin de la Méditerranée. En même temps, des fortifications commencèrent à s'élever sur Anté-kirtta; mais elles n'étaient pas encore achevées, bien que le docteur pressât ces travaux, non sans de sérieuses raisons.

Antékirtta avait-elle donc quelque ennemi à craindre dans les parages de ce golfe de la Sidre? Oui! Une secte redoutable, à vrai dire une associa-tion de pirates, n'avait pas vu sans envie et sans haine un étranger fonder cette colonie dans le voi-sinage du littoral lybien.

Cette secte, c'était la Confrérie musulmane de Sidi-Mohammed Ben'Ali-Es-Senoûsi. En cette année (1300 de l'hégire), elle se faisait plus menaçante que jamais, et déjà son domaine géographique comptait près de trois millions d'adhérents. Ses zaouiyas, ses vilâyets, centres d'action répandus en Egypte, dans l'Empire Ottoman d'Europe et d'Asie, dans le pays des Baêlé et des Toubou, dans la Ni-gritie orientale, en Tunisie, en Algérie, au Maroc,

dans le Sahara indépendant, jusqu'aux confins de
la Nigritie occidentale, existaient en plus grand
nombre dans la Tripolitaine et la Cyrénaïque. De
là, un danger permanent pour les établissements
européens de l'Afrique septentrionale, pour cette
admirable Algérie, destinée à devenir le plus riche
pays du monde, et spécialement, pour cette île
Antékirtta, ainsi qu'on en pourra juger. Donc,
réunir tous les moyens modernes de protection
et de défense n'était qu'un acte de prudence de la
part du docteur.

Voilà ce que Pierre Bathory apprit dans cette
conversation, qui allait l'instruire de tant de choses
encore. C'était à l'île Antékirtta qu'il avait été
transporté, au fond de la mer des Syrtes, comme
en un des coins les plus ignorés de l'Ancien
monde, à quelques centaines de lieues de Raguse,
où il avait laissé deux êtres, dont le souvenir ne
devait jamais le quitter, sa mère et Sava Toronthal.

Puis, en quelques mots, le docteur compléta les
détails qui concernaient cette seconde moitié de
son existence. Pendant qu'il prenait ainsi ses dispositions pour assurer la sécurité de l'île, tandis qu'il
s'occupait de mettre en valeur les richesses de son
sol, de l'aménager pour les besoins matériels et mo-

raux d'une petite colonie, il était tenu au courant
de ce que devenaient ses amis d'autrefois, dont il
n'avait jamais perdu la trace, — entre autres, Mme Bathory, son fils et Borik qui avaient quitté Trieste
pour venir s'établir à Raguse.

Pierre apprit ainsi pourquoi la goëlette *Savaréna*
était arrivée à Gravosa dans ces conditions qui
avaient si fort intrigué la curiosité publique, pourquoi le docteur avait rendu visite à Mme Bathory,
comment et sans que son fils en eût jamais rien
su, l'argent, mis à sa disposition, avait été refusé,
comment le docteur était arrivé à temps pour
arracher Pierre à cette tombe dans laquelle il
n'était qu'endormi d'un sommeil magnétique.

« Toi, mon fils, ajouta-t-il, oui ! toi, qui, la tête
perdue, n'as pas reculé devant un suicide !... »

A ce mot, dans un mouvement d'indignation,
Pierre eut la force de se redresser.

« Un suicide !... s'écria-t-il. Avez-vous donc pu
croire que je me sois frappé moi-même ?

— Pierre... un moment de désespoir !...

— Désespéré, oui ! je l'étais !.... Je me croyais
même abandonné de vous, l'ami de mon père, abandonné après des promesses que vous m'aviez faites
et que je ne vous demandais pas !... Désespéré, oui !
et je le suis encore !... Mais au désespéré Dieu ne

dit pas de mourir!... Il lui dit de vivre... pour se venger!

— Non... pour punir! répondit le docteur. Mais, Pierre, qui donc à pu te frapper?

— Un homme que je hais, répondit Pierre, un homme avec lequel je me suis rencontré ce soir-là, par hasard, dans un chemin désert, le. long des murailles de Raguse! Peut-être cet homme a-t-il cru que j'allais m'élancer sur lui et le provoquer!... Mais il m'a prévenu!... Il m'a frappé!... Cet homme, c'est Sarcany, c'est... »

Pierre ne put achever. A la pensée de ce misérable, dans lequel il voyait maintenant le mari de Sava, son cerveau se troubla, ses yeux se fermèrent, la vie sembla se retirer de lui comme si sa blessure se fût rouverte.

En un instant, le docteur l'eut ranimé, il lui eut rendu sa connaissance, et, le regardant :

« Sarcany!... Sarcany! » murmura-t-il.

Il eût été nécessaire que Pierre prît quelque repos, après la secousse qu'il venait de subir. Il ne le voulut pas.

« Non! dit-il. Vous m'avez dit en commençant : Et d'abord l'histoire du docteur Antékirtt, depuis le moment où le comte Mathias Sandorf s'est précipité dans les eaux de l'Adriatique...

— Oui, Pierre.

— Il vous reste donc à m'apprendre ce que je ne sais pas encore du comte Mathias Sandorf!

— As-tu la force de m'entendre?

— Parlez!

— Soit! répondit le docteur. Il vaut mieux en finir avec ces secrets que tu as le droit de connaître, avec tout ce que ce passé contient de terrible, pour ne plus y jamais revenir! Pierre, tu as pu croire que je t'avais abandonné, parce que j'avais quitté Gravosa!... Écoute-moi donc!... Tu me jugeras ensuite!

« Tu sais, Pierre, que, la veille du jour fixé pour l'exécution du jugement, mes compagnons et moi, nous avons tenté de nous échapper de la forteresse de Pisino. Mais Ladislas Zathmar fut saisi par les gardiens, au moment où il allait nous rejoindre au pied du donjon. Ton père et moi, emportés par le torrent du Buco, nous étions déjà hors de leurs atteintes.

« Après avoir échappé miraculeusement aux tourbillons de la Foïba, lorsque nous prîmes pied sur le canal de Lème, nous fûmes aperçus par un misérable, qui n'hésita pas à vendre nos têtes que le gouvernement venait de mettre à prix. Découverts chez un pêcheur de Rovigno, au moment où il se disposait à nous transporter de l'autre côté de l'Adriatique, ton père fut arrêté et ramené à Pisino. Plus heureux, je parvins à m'échapper! Voilà ce que tu sais, mais voici ce que tu ne sais pas.

« Avant la délation de cet Espagnol, nommé Carpena, — délation qui coûta au pêcheur Andréa Ferrato la liberté et la vie, quelques mois après, — deux hommes avaient vendu le secret des conspirateurs de Trieste.

— Leurs noms?... s'écria Pierre Bathory.

— Demande-moi d'abord comment leur trahison fut découverte? » répondit le docteur.

Et il fit rapidement le récit de ce qui s'était passé dans la cellule du donjon, il raconta comment un phénomène d'acoustique lui avait livré les noms des deux traîtres.

« Leurs noms, docteur! s'écria encore une fois Pierre Bathory. Vous ne refuserez pas de me les dire!

— Je te les dirai!

— Quels sont-ils?

— L'un d'eux est ce comptable. qui s'était introduit comme espion dans la maison de Ladislas Zathmar! C'est l'homme qui a voulu t'assassiner! C'est Sarcany.

— Sarcany! s'écria Pierre, qui retrouva assez de

forcés pour marcher vers le docteur. Sarcany!... Ce misérable!... Et vous le saviez!... Et vous, le compagnon d'Étienne Bathory, vous qui offriez à son fils votre protection, vous à qui j'avais confié le secret de mon amour, vous qui l'aviez encouragé; vous avez laissé cet infâme s'introduire dans la maison de Silas Toronthal, quand vous pouviez la lui fermer d'un mot!... Et, par votre silence, vous avez autorisé ce crime... oui! ce crime!... qui a livré cette malheureuse jeune fille à ce Sarcany!

— Oui, Pierre, j'ai fait cela!

— Et pourquoi?...

— Parce qu'elle ne pouvait devenir ta femme!

— Elle!... elle!...

— Parce que, si Pierre Bathory eût épousé mademoiselle Toronthal, c'eût été un crime plus abominable encore!

— Mais pourquoi?... pourquoi?... répétait Pierre, arrivé au paroxysme de l'angoisse.

— Parce que Sarcany avait un complice!... Oui! un complice dans cette odieuse machination qui a envoyé ton père à la mort!... Et ce complice... il faut bien que tu le connaisses enfin!... c'est le banquier de Trieste, Silas Toronthal! »

Pierre avait entendu, il avait compris!... Il ne put répondre. Un spasme contractait ses lèvres. Il

15

se fût affaissé, sans l'horreur qui paralysait et rai-
dissait tout son corps. A travers sa pupille dilatée,
on eût dit que son regard plongeait dans des ténèbres insondables.

Cela ne dura que quelques secondes, pendant
lesquelles le docteur se demanda avec épouvante
si le patient n'allait pas succomber, après l'horrible
opération qu'il lui avait fait subir !

Mais c'était aussi une énergique nature que
Pierre Bathory. Il parvint à maîtriser toutes les
révoltes de son âme. Quelques larmes coulèrent de
ses yeux !... Puis, après être retombé sur son fauteuil, il abandonna sa main à celle du docteur.

« Pierre, dit celui-ci d'une voix tendre et grave,
pour le monde entier, nous sommes morts tous les
deux ! Maintenant, je suis seul sur terre, je n'ai plus
d'amis, je n'ai plus d'enfant !... Veux-tu être mon
fils ?

— Oui !... père !... » répondit Pierre Bathory.

Et, en réalité, ce fut bien le sentiment paternel,
uni au sentiment filial, qui se jeta dans les bras l'un
de l'autre.

III

CE QUI SE PASSAIT A RAGUSE.

Tandis que ces faits s'accomplissaient à Antékirtta, voici quels sont les derniers événements dont Raguse fut le théâtre.

Mme Bathory n'était plus alors dans cette ville. Après la mort de son fils, Borik, aidé de quelques amis, avait pu l'entraîner loin de cette maison de la rue Marinella. Pendant les premiers jours, on avait craint que la raison de la malheureuse mère ne résistât pas à ce dernier coup. Et, de fait, cette femme, si énergique qu'elle fût, donna quelques signes d'un trouble mental, dont s'effrayèrent les médecins. C'est dans ces conditions et par leurs conseils que Mme Bathory fut emmenée au petit village de Vinticello, chez un ami de sa famille. Là

les soins ne devaient pas lui manquer. Mais quelle
consolation eût-on pu faire accepter à cette mère, à
cette épouse, deux fois atteinte dans son amour
pour son mari et pour son fils?

Son vieux serviteur n'avait point voulu la quitter.
Aussi, la maison de la rue Marinella bien close,
l'avait-il suivie pour rester l'humble et assidu con-
fident de tant de douleurs.

Quant à Sava Toronthal, maudite par la mère de
Pierre Bathory, entre eux il ne fut jamais question
d'elle. Ils ignoraient même que son mariage eût été
remis à une époque plus éloignée.

En effet, l'état dans lequel se trouvait la jeune fille
l'obligea à prendre le lit. Elle avait reçu un coup
aussi inattendu que terrible. Celui qu'elle aimait
était mort... mort de désespoir, sans doute!... Et
c'était son corps que l'on portait au cimetière, au
moment où elle quittait l'hôtel pour aller accomplir
cette odieuse union!

Pendant dix jours, c'est-à-dire jusqu'au 16 juillet, Sava fut dans un situation très alarmante. Sa
mère ne la quitta pas. C'étaient d'ailleurs les derniers soins que dût lui donner Mme Toronthal, car
elle-même allait être frappée à son tour mortellement.

Pendant ces longues heures, quelles pensées

s'échangèrent entre la mère et la fille? On le devine, sans qu'il soit nécessaire d'y insister. Deux noms revenaient sans cesse au milieu des sanglots et des larmes, — le nom de Sarcany, pour le maudire, — celui de Pierre, qui n'était plus qu'un nom gravé sur une tombe, pour le pleurer!

De ces conversations, auxquelles Silas Toronthal s'interdit de jamais prendre part, — il évitait même de voir sa fille, — il résulta que Mme Toronthal fit une dernière démarche auprès de son mari. Elle voulait qu'il consentît à renoncer à ce mariage, dont l'idée seule était une épouvante, une horreur, pour Sava.

Le banquier demeura inébranlable dans sa résolution. Peut-être, livré à lui-même, étranger à toute pression, se fût-il rendu aux observations qui lui étaient faites et qu'il devait se faire? Mais, dominé par son complice, plus encore qu'on ne le pourrait croire, il refusa d'entendre Mme Toronthal. Le mariage de Sava et de Sarcany était décidé, il se ferait, dès que la santé de Sava le permettrait.

Il est aisé d'imaginer quelle avait été l'irritation de Sarcany, lorsque cet incident imprévu s'était produit, avec quelle colère peu dissimulée il vit ce trouble apporté dans son jeu, et de quelles obsessions il assaillit Silas Toronthal! Ce n'était qu'un

15.

retard, sans doute, mais ce retard, s'il se prolongeait, risquait de renverser tout le système sur lequel il échafaudait son avenir. D'autre part, il n'ignorait pas que Sava ne pouvait avoir pour lui qu'une répulsion insurmontable.

Et cette répulsion, que fût-elle devenue, si la jeune fille eût soupçonné que Pierre Bathory était tombé sous le poignard de l'homme qu'on lui imposait pour époux !

Quant à lui, il ne pouvait que s'applaudir d'avoir en cette occasion de faire disparaître son rival. Pas un remords, d'ailleurs, ne pénétra dans cette âme fermée à tout sentiment humain.

« Il est heureux, dit-il un jour à Silas Toronthal, que ce garçon ait eu la pensée de se tuer ! Moins il en restera, de cette race des Bathory, mieux cela vaudra pour nous ! En vérité, le ciel nous protège ! »

Et, en effet, que restait-il maintenant des trois familles Sandorf, Zathmar et Bathory ? Une vieille femme, dont les jours étaient comptés. Oui ! Dieu semblait les protéger, ces misérables, et il aurait porté sa protection jusqu'aux dernières limites, le jour où Sarcany serait le mari de Sava Toronthal, le maître de sa fortune !

Cependant il paraît que Dieu voulait l'éprouver

par la patience, car le retard apporté à ce mariage
paraissait devoir se prolonger.

Lorsque la jeune fille se fut relevée — physiquement au moins — de cette effroyable secousse,
lorsque Sarcany put croire qu'il allait être question
de reprendre ses projets, Mme Toronthal tomba
malade à son tour. Chez cette malheureuse femme,
les ressorts de la vie étaient usés. On ne s'en étonnera pas, après ce qu'avait été toute son existence
depuis les événements de Trieste, lorsqu'elle avait
appris à quel homme indigne elle était liée. Puis,
survinrent sinon ses luttes, du moins ses démarches
en faveur de Pierre, pour réparer en partie le mal
fait à la famille Bathory, l'inutilité de ses prières
devant l'influence de Sarcany, si inopinément
revenu à Raguse.

Dès les premiers jours, il fut constant que cette
vie allait se briser définitivement. Quelques jours
encore, c'était tout ce que les médecins pouvaient
donner à Mme Toronthal. Elle se mourait d'épuise-
ment. Aucun traitement n'eût pu la sauver,
quand même Pierre Bathory fût sorti de sa tombe
pour devenir le mari de sa fille!

Sava put lui rendre alors tous les soins qu'elle
avait reçus d'elle, et ne quitta plus son chevet ni la
nuit ni le jour.

Ce que Sarcany dut éprouver devant ce nouveau retard, on le comprend. De là, d'incessantes objurgations au banquier, qui n'était pas moins que lui réduit à l'impuissance.

Le dénouement de cette situation ne pouvait se faire attendre.

Vers le 29 juillet, c'est-à-dire quelques jours après, Mme Toronthal parut avoir retrouvé un peu de ses forces.

Ce fut une fièvre ardente qui les lui donna, mais dont la violence devait l'emporter dans les quarante-huit heures.

Dans cette fièvre, le délire la prit : elle se mit à divaguer, laissant échapper des phrases incompréhensibles.

Un mot, — un nom qui revenait sans cesse, — était bien fait pour surprendre Sava. C'était celui de Bathory, non pas le nom du jeune homme, mais le nom de sa mère que la malade appelait, suppliait, répétant, comme si elle eût été assaillie de remords :

« Pardonnez !... madame !... pardonnez !... »

Et, lorsque Mme Toronthal, dans un répit que lui laissaient les accès de fièvre, fut interrogée par la jeune fille :

« Tais-toi !... Sava !... Tais-toi !... Je n'ai rien dit !... » s'écriait-elle, épouvantée.

Vint la nuit du 30 au 31 juillet. Un instant, les médecins purent croire que la maladie de Mᵐᵉ Toronthal, après avoir atteint son période le plus aigu, allait commencer à décroître.

La journée avait été meilleure, sans troubles cérébraux, et il y avait lieu d'être surpris d'un changement si inattendu dans l'état de la malade. La nuit même promettait d'être aussi calme que l'avait été la journée.

Mais, s'il en était ainsi, c'est que Mᵐᵉ Toronthal, au moment de mourir, venait de sentir renaître en elle une énergie dont on l'eût crue incapable. C'est qu'après s'être mise en règle avec Dieu, elle avait pris une résolution et n'attendait plus que l'occasion de l'exécuter.

Cette nuit-là, elle exigea que la jeune fille allât se reposer quelques heures. Sava, malgré tout ce qu'elle put objecter, dut obéir à sa mère, tant elle la vit décidée sur ce point.

Vers onze heures du soir, Sava rentra dans sa chambre. Mᵐᵉ Toronthal resta seule dans la sienne. Tout dormait dans l'hôtel, où régnait ce silence qu'on a si justement nommé un « silence de mort! »

Mᵐᵉ Toronthal se releva alors, et cette malade, à laquelle on croyait que sa faiblesse interdisait le

plus léger mouvement, eut la force, après s'être
vêtue, d'aller s'asseoir devant un petit bureau.

Là, elle prit une feuille de papier à lettre, et,
d'une main tremblante, écrivit quelques lignes
seulement qui furent suivies de sa signature. Puis,
elle glissa cette lettre dans une enveloppe qui fut
cachetée et sur laquelle elle mit cette adresse :

« Madame Bathory, rue Marinella, Stradone.

— Raguse. »

Mme Toronthal, se raidissant alors. contre la
fatigue que ce travail lui avait causé, poussa la
porte de sa chambre, descendit le grand escalier,
traversa la cour de l'hôtel, ouvrit, non sans peine,
la petite porte qui donnait sur la rue, et se trouva
dans le Stradone.

Le Stradone était sombre et désert à cette heure,
car il devait être plus de minuit.

Mme Toronthal, se traînant d'un pas chancelant,
remonta le trottoir de gauche, pendant une cinquantaine de pas, s'arrêta devant une boîte postale,
y jeta sa lettre et revint vers l'hôtel.

Mais tout ce qu'elle avait retrouvé de force pour
accomplir ce dernier acte de sa volonté, était épuisé,
et elle tomba, sans mouvement, sur le seuil de la
porte cochère.

Ce fut là qu'elle fut trouvée une heure après. Ce

fut là que Silas Toronthal et Sava vinrent la reconnaître. C'est de là qu'on la transporta dans sa chambre, sans qu'elle eût repris connaissance.

Le lendemain, Silas Toronthal apprit à Sarcany ce qui venait de se passer. Ni l'un ni l'autre n'auraient pu soupçonner que Mme Toronthal fût allée, pendant cette nuit, mettre une lettre dans la boîte du Stradone. Mais pourquoi avait-elle quitté l'hôtel? Ils ne purent se l'expliquer, et ce fut pour eux un grave sujet d'inquiétude.

La malade languit encore pendant vingt-quatre heures. Elle ne donnait signe de vie que par quelques soubresauts convulsifs, derniers efforts d'une âme qui allait s'échapper. Sava lui avait pris la main, comme pour la retenir dans ce monde où elle allait se trouver si abandonnée! Mais la bouche de sa mère était muette, maintenant, et le nom de Bathory ne s'échappait plus de ses lèvres. Sans doute, sa conscience tranquillisée, sa dernière volonté accomplie, Mme Toronthal n'avait plus une prière à faire ni un pardon à demander.

La nuit suivante, vers trois heures du matin, pendant que Sava se trouvait seule près d'elle, la mourante fit un mouvement, et sa main vint toucher la main de sa fille.

A ce contact, ses yeux fermés s'ouvrirent à demi.

Puis son regard se dirigea sur Sava. Ce regard fut si interrogateur que Sava n'aurait pu s'y méprendre.

« Mère... mère! dit-elle, que veux-tu? »

Mme Toronthal fit un signe affirmatif.

« Me parler?...

— Oui! » fit distinctement entendre Mme Toronthal.

Sava s'était courbée au chevet du lit, et un nouveau signe lui indiqua de s'approcher plus près encore.

Sava posa sa tête près de la tête de sa mère, qui lui dit :

« Mon enfant, je vais mourir!...

— Mère... mère!

— Plus bas!... murmura Mme Toronthal, plus bas!... Que personne ne puisse m'entendre! »

Puis, après un nouvel effort :

« Sava, dit-elle, j'ai à te demander pardon du mal que je t'ai fait... du mal que je n'ai pas eu le courage d'empêcher!

— Toi... mère!... Toi, m'avoir fait du mal!... Toi, me demander pardon!

— Un dernier baiser, Sava!... Oui!... Le dernier!... Cela voudra dire que tu me pardonnes! »

La jeune fille vint doucement poser ses lèvres sur le front pâle de la mourante.

Celle-ci eut la force de lui passer le bras autour du cou. Se relevant alors et la regardant avec une fixité effrayante :

« Sava!... dit-elle, Sava... tu n'es pas la fille de Silas Toronthal!... Tu n'es pas ma fille!... Ton père.... »

Elle ne put achever. Une convulsion la rejeta hors des bras de Sava, et son âme s'échappa avec ces dernières paroles.

La jeune fille s'était penchée sur la morte!... Elle voulait la ranimer!... Ce fut inutile.

Alors elle appela. On accourut de tout l'hôtel. Silas Toronthal arriva un des premiers dans la chambre de sa femme.

En l'apercevant, Sava, prise d'un irrésistible mouvement de répulsion, recula devant cet homme qu'elle avait maintenant le droit de mépriser, de haïr, car il n'était pas son père! La mourante l'avait dit, et l'on ne meurt pas sur un mensonge!

Puis, Sava s'enfuit, épouvantée de ce que lui avait dit la malheureuse femme qui l'avait aimée comme sa fille, — encore plus épouvantée, peut-être, de ce qu'elle n'avait pas eu le temps de lui dire!

Le surlendemain, les funérailles de Mme Toronthal se firent avec ostentation. Cette foule d'amis que compte tout homme riche entoura le banquier. Près de lui marchait Sarcany, affirmant ainsi par sa présence que rien n'était changé aux projets qui devaient le faire entrer dans la famille Toronthal. C'était, en effet, son espoir; mais s'il devait jamais se réaliser, ce ne serait pas sans qu'il eût surmonté bien des obstacles encore. Sarcany pensait, d'ailleurs, que les circonstances ne pouvaient qu'être favorables à l'accomplissement de ses projets, puisqu'elles laissaient plus complètement Sava à sa merci.

Cependant le retard, provoqué par la maladie de Mme Toronthal, allait être prolongé par sa mort. Pendant le deuil de la famille, il ne pouvait être question de mariage. Les convenances exigeaient que plusieurs mois, au moins, se fussent écoulés depuis le décès.

Cela, sans doute, dut vivement contrarier Sarcany, pressé d'arriver à ses fins. Quoi qu'il en eût, force lui fut de respecter les usages, mais non sans que de vives explications eussent été échangées entre Silas Toronthal et lui. Et ces discussions se terminaient toujours par cette phrase que répétait le banquier :

« Je n'y puis rien, et d'ailleurs, pourvu que le mariage soit fait avant cinq mois, vous n'avez aucune raison d'être inquiet! »

Évidemment ces deux personnages se comprenaient. Toutefois, en se rendant à cette raison, Sarcany ne cessait de manifester une irritation qui amenait parfois des scènes d'une extrême violence.

Tous deux, au surplus, n'avaient pas cessé d'être inquiets depuis la démarche incompréhensible, faite par Mme Toronthal la veille de sa mort. Et même, la pensée vint à Sarcany que la mourante avait pu vouloir mettre à la poste une lettre dont elle tenait à cacher la destination.

Le banquier, auquel Sarcany communiqua cette idée, ne fut pas éloigné de croire qu'il en était ainsi.

« Si cela est, répétait Sarcany, cette lettre nous menace directement et gravement. Votre femme a toujours soutenu Sava contre moi, elle soutenait même mon rival, et qui sait si, au moment de mourir, elle n'a pas retrouvé une énergie dont on ne la croyait pas capable pour trahir nos secrets! Dans ce cas, ne devrions-nous pas prendre les devants et quitter une ville où, vous et moi, nous avons plus à perdre qu'à gagner?

— Si cette lettre nous menaçait, lui fit observer Silas Toronthal, quelques jours plus tard, la menace aurait déjà produit son effet, et, jusqu'ici, rien n'est changé à notre situation! »

A cet argument, Sarcany ne savait que répondre. En effet, si la lettre de Mme Toronthal se rapportait à leurs futurs projets, il n'en était rien résulté encore, et il ne semblait pas qu'il y eût péril en la demeure. Quand le danger apparaîtrait, il serait temps d'agir.

C'est ce qui arriva, mais autrement que tous deux ne devaient le supposer, quinze jours après la mort de Mme Toronthal.

Depuis le décès de sa mère, Sava s'était toujours tenue à l'écart, sans même quitter sa chambre. On ne la voyait même plus aux heures des repas. Le banquier, gêné vis-à-vis d'elle, ne cherchait point un tête-à-tête qui n'eût pu que l'embarrasser. Il la laissait donc agir à son gré, et vivait de son côté dans une autre partie de l'hôtel.

Plus d'une fois, Sarcany avait durement blâmé Silas Toronthal d'accepter cette situation. Par suite des habitudes prises, il n'avait plus aucune occasion de rencontrer la jeune fille. Cela ne pouvait convenir à ses desseins ultérieurs. Aussi s'en expliquait-t-il très nettement avec le banquier. Bien qu'il ne pût être question d'une célébration de mariage pendant les premiers mois de deuil, il ne voulait pas que Sava s'accoutumât à l'idée que son père et lui eussent renoncé à cette union.

Enfin Sarcany se montra si impérieux, si exigeant vis-à-vis de Silas Toronthal, que celui-ci, le 16 août, fit prévenir Sava qu'il voulait lui parler le soir même. Comme il la prévenait que Sarcany désirait être présent à cet entretien, il s'attendait à un refus. Il n'en fut rien. Sava fit répondre qu'elle se tenait à ses ordres.

Le soir venu, Silas Toronthal et Sarcany attendaient impatiemment Sava dans le grand salon de l'hôtel. Le premier était décidé à ne point se laisser mener, ayant pour lui les droits que donne la puissance paternelle. Le second, résolu à se contenir, à écouter plutôt qu'à parler, voulait surtout tâcher de découvrir quelles étaient les secrètes pensées de la jeune fille. Il craignait toujours qu'elle ne fût plus instruite de certaines choses qu'on ne le supposait.

Sava entra dans le salon à l'heure dite. Sarcany se leva quand elle parut ; mais au salut qu'il lui fit, la jeune fille ne répondit même pas par une simple inclinaison de tête. Elle ne semblait pas l'avoir vu, ou plutôt, elle ne voulait pas le voir.

Sur un signe de Silas Toronthal, Sava s'assit. Puis, froidement, la figure plus pâle encore sous ses vêtements de deuil, elle attendit qu'une demande lui eût été adressée.

16.

« Sava, dit le banquier, j'ai respecté la douleur que t'a causée la mort de ta mère en ne troublant pas ta solitude. Mais, à la suite de ces tristes événements, on se trouve nécessairement amené à traiter certaines affaires d'intérêt!... Bien que tu n'aies pas encore atteint ta majorité, il est bon que tu saches quelle part te revient dans l'héritage de...

— S'il ne s'agit que d'une question de fortune, répondit Sava, il est inutile de discuter plus longtemps. Je ne prétends à rien dans l'héritage dont vous voulez parler! »

Sarcany fit un mouvement qui pouvait indiquer de sa part un assez vif désappointement, mais aussi, peut-être, une surprise mêlée de quelque inquiétude.

« Je pense, Sava, reprit Silas Toronthal, que tu n'as pas bien compris la portée de tes paroles. Que tu le veuilles ou non, tu es l'héritière de madame Toronthal, ta mère, et la loi m'obligera à te rendre des comptes, lorsque tu seras majeure...

— A moins que je ne renonce à cette succession! répondit tranquillement la jeune fille.

— Et pourquoi?

— Parce que je n'y ai, sans doute, aucun droit! »

Le banquier se redressa sur son fauteuil. Jamais il ne se fût attendu à cette réponse. Quant à Sarcany, il ne dit rien. Pour lui, Sava jouait un jeu, et il s'attachait simplement à voir clair dans ce jeu.

« Je ne sais, Sava, reprit Silas Toronthàl, impatienté par les froides réparties de la jeune fille, je ne sais ce que signifient tes paroles ni ce qui a pu te les dicter! D'ailleurs, je ne viens pas ici discuter droit et jurisprudence! Tu es sous ma tutelle, tu n'as pas qualité pour refuser ou accepter! Donc, tu voudras bien te soumettre à l'autorité de ton père, que tu ne contestes pas, j'imagine?...

— Peut-être! répondit Sava.

— Vraiment, s'écria Silas Toronthal, qui commençait à perdre quelque peu de son sang-froid, vraiment! Mais tu parles trois ans trop tôt, Sava! Quand tu auras atteint ta majorité, tu feras ce qu'il te conviendra de ta fortune! Jusque-là, c'est à moi que tes intérêts sont confiés, et je les défendrai comme je l'entends!

— Soit, répondit Sava, j'attendrai.

— Et qu'attendras-tu? répliqua le banquier. Tu oublies sans doute que ta situation va changer, dès que les convenances le permettront! Tu as donc d'autant moins le droit de faire bon marché de ta fortune que tu n'es plus seule intéressée dans l'affaire....

— Oui!... une affaire! répondit Sava d'un ton de
mépris.

— Croyez bien, mademoiselle... crut devoir dire
Sacarny, que ce mot prononcé avec le plus blessant
dédain visait directement, veuillez croire qu'un
sentiment plus honorable... »

Sava n'eut pas même l'air de l'entendre et ne cessa
de regarder le banquier, qui lui disait d'une voix
irritée :

« Non, pas seule... puisque la mort de ta mère
n'a rien pu changer à nos projets!

— Quels projets? demanda la jeune fille.

— Ce projet d'union que tu feins d'oublier et qui
doit faire mon gendre de monsieur Sarcany !

— Êtes-vous bien sûr que ce mariage fera de
monsieur Sarcany votre gendre? »

L'insinuation était si directe, cette fois, que Silas
Toronthal se leva pour sortir, tant il avait besoin
de cacher son trouble. Mais Sarcany le retint d'un
geste. Lui voulait aller jusqu'au bout, il voulait
absolument savoir à quoi s'en tenir.

« Écoutez-moi, mon père, car c'est pour la dernière fois que je vous donne ce nom, dit alors la
jeune fille. Ce n'est pas pour moi que monsieur
Sarcany prétend m'épouser, c'est pour cette fortune
dont je ne veux plus aujourd'hui! Quelle que soit

son impudence, il n'oserait me démentir! Cependant, puisqu'il me rappelle que j'avais consenti à ce mariage, ma réponse sera facile! Oui! j'ai dû me sacrifier, quand j'ai pu croire que l'honneur de mon père était en jeu dans cette question; mais mon père, vous le savez bien, ne peut être mêlé à cet odieux compromis! Si donc vous désirez enrichir monsieur Sarcany, donnez-lui votre fortune!... C'est tout ce qu'il demande! »

La jeune fille s'était levée, et, à son tour, elle se dirigeait vers la porte.

« Sava, s'écria alors Silas Toronthal, qui alla se placer devant elle, il y a dans tes paroles... une telle incohérence que je ne les comprends pas... que, sans doute, tu ne les comprends pas toi-même!... Je me demande si la mort de ta mère...

— Ma mère... oui! c'était ma mère... ma mère par le cœur! murmura la jeune fille.

— ... si la douleur n'a pas ébranlé ta raison, continua Silas Toronthal qui n'entendait plus que lui-même. Oui! si tu n'es pas folle...

— Folle!

— Mais ce que j'ai résolu s'accomplira, et, avant six mois, tu seras la femme de Sarcany.

— Jamais!

— Je saurai bien t'y contraindre!

« — Et de quel droit? répondit la jeune fille avec un mouvement d'indignation qui lui échappa enfin.

— Du droit que me donne l'autorité paternelle!...

— Vous... monsieur!... Vous n'êtes pas mon père, et je ne me nomme pas Sava Toronthal! »

Sur ces derniers mots, le banquier, ne trouvant rien à répondre, recula et, sans même retourner la tête, la jeune fille sortit du salon pour regagner sa chambre.

Sarcany, qui avait attentivement observé Sava pendant cet entretien, ne fut point surpris de la manière dont il venait de finir. Il l'avait bien deviné. Ce qu'il devait redouter s'était produit. Sava savait qu'aucun lien ne la rattachait à la famille Toronthal.

Quant au banquier, il fut d'autant plus anéanti par ce coup imprévu qu'il n'avait plus été assez maître de lui-même pour le voir venir.

Sarcany prit alors la parole, et avec sa netteté habituelle, il résuma la situation. Silas Toronthal se contentait d'écouter. Il ne pouvait qu'approuver, d'ailleurs, tant les dires de son ancien complice étaient dictés par une indiscutable logique.

« Il ne faut plus compter que Sava consente jamais, volontairement du moins, à ce mariage, dit-il. Mais pour les motifs que nous connaissons, plus que jamais aussi il faut que ce mariage se

fasse! Que sait-elle de notre passé? Rien, car elle
l'eût dit! Ce qu'elle sait, c'est qu'elle n'est pas votre
fille, voilà tout! Connaît-elle son père? Pas davantage! C'eût été le premier nom qu'elle nous aurait
jeté à la face! Est-elle instruite depuis longtemps
de sa situation véritable vis-à-vis de vous? Non
encore, et il est probable que c'est seulement au
moment de mourir que madame Toronthal aura
parlé! Mais ce qui me paraît non moins certain,
c'est qu'elle n'a dû dire à Sava que ce qu'il fallait
pour que celle-ci eût le droit de refuser d'obéir à
l'homme qui n'est pas son père! »

Silas Toronthal approuva d'un mouvement de
tête l'argumentation de Sarcany. Or, on le sait, Sarcany ne se trompait ni sur la manière dont la jeune
fille avait été instruite de ces choses, ni sur
l'époque depuis laquelle elle les savait, ni enfin sur
ce qui lui avait été seulement révélé du secret de
sa naissance.

« Concluons maintenant, reprit Sarcany. Si peu
que Sava sache de ce qui la concerne, et bien
qu'elle ignore ce qui nous regarde dans le passé,
nous sommes menacés tous les deux, vous dans
l'honorable situation qui vous est faite à Raguse,
moi dans les intérêts considérables que doit m'assurer ce mariage et auxquels je prétends ne pas

renoncer! Donc, ce qu'il faut faire et le plus tôt possible, le voici : Quitter Raguse, vous et moi, emmener Sava, sans qu'elle ait pu parler ni voir personne, plutôt aujourd'hui que demain, puis, ne revenir en cette ville qu'une fois le mariage accompli, et lorsque, devenue ma femme, Sava aura intérêt à se taire! Une fois à l'étranger, elle sera si bien soustraite à toute influence que nous n'aurons rien à redouter d'elle! Quant à la faire consentir à ce mariage, volontairement, et dans les délais qui doivent m'assurer ses avantages, cela me regarde, et Dieu me damne, si je n'y réussis pas! »

Silas Toronthal en convint : la situation était bien telle que venait de la chiffrer Sarcany. Il ne songea pas à résister. Dominé de plus en plus par son complice, il ne l'eût pu d'ailleurs. Et pourquoi l'aurait-il fait? Pour cette jeune fille à laquelle il avait toujours inspiré une invincible répulsion, pour laquelle son cœur ne s'était jamais ouvert?

Ce soir-là, il fut bien convenu que ce projet serait mis à exécution avant même que Sava eût pu quitter l'hôtel. Puis Silas Toronthal et Sarcany se séparèrent. Et s'ils mirent une hâte extrême à l'exécution de leur projet, il n'eurent pas tort, on va le voir.

En effet, le surlendemain, Mᵐᵉ Bathory, accompagnée de Borik, après avoir quitté le village de

Vinticello, revint pour la première fois depuis la mort de son fils à la maison de la rue Marinella. Elle avait résolu de la quitter définitivement, ainsi que cette ville, trop pleine pour elle de déchirants souvenirs, et venait faire ses préparatifs de départ.

Lorsque Borik eut ouvert la porte, il trouva une lettre qui avait été déposée dans la boîte de la maison.

C'était la lettre que Mme Toronthal avait mise à la poste, la veille même de sa mort, et dans des circonstances que l'on n'a point oubliées.

Mme Bathory prit cette lettre, l'ouvrit, en regarda d'abord la signature, puis lut d'un trait ces quelques lignes, écrites par une main mourante, et qui renfermaient le secret de la naissance de Sava.

Quelle subite association du nom de Sava et du nom de Pierre se fit dans l'esprit de Mme Bathory !

« Elle!... Lui!... s'écria-t-elle. »

Et, sans ajouter un mot, — elle ne l'aurait pu ! — sans répondre à son vieux serviteur qu'elle repoussa au moment où il voulait la retenir, elle se précipita au dehors, elle descendit la rue Marinella, elle traversa le Stradone, elle ne s'arrêta que devant la porte de l'hôtel Toronthal.

Comprenait-elle la portée de ce qu'elle allait faire? Comprenait-elle que mieux eût valu agir

17

avec moins de précipitation et par conséquent plus
de prudence, dans l'intérêt même de Sava? Non!
Elle était irrésistiblement poussée vers la jeune fille,
comme si son mari Étienne Bathory, comme si son
fils Pierre, sortis de leur tombe, lui eussent crié :

« Sauve-la !... Sauve-la ! »

Mme Bathory frappa à la porte de l'hôtel. La porte
s'ouvrit. Un domestique se présenta et lui demanda
ce qu'elle voulait.

Mme Bathory voulait voir Sava.

Mlle Toronthal n'était plus à l'hôtel.

Mme Bathory voulait parler au banquier Toronthal.

Le banquier était parti la veille, sans dire où il
allait, et il avait emmené la jeune fille avec lui.

Mme Bathory, frappée de ce dernier coup, chan-
cela et tomba dans les bras de Borik qui venait de
la rejoindre.

Puis, lorsque le vieux serviteur l'eut ramenée
dans la maison de la rue Marinella :

« Demain, Borik, lui dit-elle, demain, nous irons
ensemble au mariage de Sava et de Pierre! »

Mme Bathory avait perdu la raison.

IV

SUR LES PARAGES DE MALTE.

Pendant que s'accomplissaient ces derniers événements qui le touchaient de si près, Pierre Bathory voyait son état s'améliorer de jour en jour. Bientôt il n'y eut plus à s'inquiéter de sa blessure, dont la guérison était presque complète.

Mais combien Pierre devait souffrir en pensant à sa mère, en pensant à Sava qu'il croyait perdue pour lui!

Sa mère?... On ne pouvait cependant la laisser sous le coup de cette fausse mort de son fils. Aussi avait-il été convenu qu'on l'en instruirait avec prudence, afin qu'elle pût le rejoindre à Antékirtta. Un des agents du docteur, à Raguse, avait ordre de ne pas la perdre de vue, en attendant l'entier rétablissement de Pierre, — ce qui ne pouvait plus tarder.

Quant à Sava, Pierre s'était condamné à ne jamais parler d'elle au docteur Antékirtt. Mais bien qu'il dût penser qu'elle était maintenant la femme de Sarcany, comment aurait-il pu l'oublier? Est-ce qu'il avait cessé de l'aimer, quoiqu'elle fût pour lui la fille de Silas Toronthal? Non! Après tout, Sava était-elle donc responsable du crime de son père? Et cependant c'était ce crime qui avait conduit Étienne Bathory à la mort! De là, un combat qui se livrait en lui, dont Pierre seul eût pu dire quelles étaient les phases terribles et incessantes.

Le docteur sentait cela. Aussi, pour donner un autre cours aux pensées du jeune homme, ne cessait-il de lui rappeler l'acte de justice auquel ils devaient concourir ensemble. Il fallait que les traîtres fussent punis, et ils le seraient. Comment arriverait-on jusqu'à eux, rien n'était décidé encore, mais on y arriverait.

« Mille chemins, un but! » répétait le docteur.

Et s'il le fallait, il suivrait ces mille chemins pour l'atteindre.

Pendant les derniers jours de sa convalescence, Pierre put se promener dans l'île et la visiter, soit à pied, soit en voiture. En vérité, qui ne se fût émerveillé de ce qu'était devenue cette petite colonie sous l'administration du docteur Antékirtt?

Et d'abord, on travaillait sans relâche aux fortific ations qui devaient mettre à l'abri de toute attaque la ville, bâtie au pied du cône, le port et l'île elle-même. Lorsque ces travaux seraient achevés, des batteries, armées de pièces à grande portée, pourraient, en croisant leurs feux, rendre impossible l'approche de tout navire ennemi.

L'électricité devait jouer un important rôle dans ce système défensif, soit pour l'inflammation des torpilles, dont le chenal était armé, soit même pour le service des pièces de batterie. Le docteur avait su obtenir les plus merveilleux résultats de cet agent auquel appartient l'avenir. Une station centrale, pourvue de moteurs à vapeur et de leurs chaudières, possédait vingt machines dynamos d'un nouveau système très perfectionné. Là se produisaient des courants que des accumulateurs spéciaux, d'une intensité extraordinaire, mettaient à la disposition de tous les services d'Antékirtta, la distribution des eaux, l'éclairage de la ville, le télégraphe et le téléphone, les déplacements par voie ferrée autour et à l'intérieur de l'île. En un mot, le docteur, servi par les sérieuses études de sa jeunesse, avait réalisé un des desiderata de la

17.

science moderne, le travail électrique pour le transport de la force à distance. Puis, grâce à cet agent d'un emploi si pratique, il avait pu construire les canots dont il a été parlé, et ces *Électrics* à vitesse excessive, qui lui permettaient de se rendre, avec la rapidité des express, d'une extrémité de la Méditerranée à l'autre.

Cependant, comme la houille était indispensable aux machines à vapeur qui servaient à la production de l'électricité, il y avait toujours un stock considérable de charbon dans les magasins d'Antékirtta, et ce stock était incessamment renouvelé au moyen d'un navire, qui allait s'approvisionner directement en Angleterre.

Le port, au fond duquel la petite ville s'élevait en amphithéâtre, était de formation naturelle, mais de grands travaux l'avaient amélioré. Deux jetées, un môle, un brise-lames, le rendaient très sûr, quelle que fût la direction du vent. Partout de l'eau, même à l'aplomb des quais. Donc, par tous les temps, sécurité absolue pour la flottille d'Antékirtta. Cette flottille comprenait la goëlette *Savarèna*, le charbonnier à vapeur, destiné aux approvisionnements des houilles prises à Swansea et à Cardiff, un steam-yacht de sept à huit cents tonneaux de jauge, nommé le *Ferrato*, et trois *Électrics*, dont deux, aménagés en torpilleurs, qui pouvaient contribuer très utilement à la défense de l'île.

Ainsi, sous l'impulsion du docteur, Antékirtta voyait ses moyens de résistance s'accroître de jour en jour. Ils le savaient bien, ces pirates de la Tripolitaine et de la Cyrénaïque! Cependant, leur plus grand désir eût été de s'en emparer, car la possession de cette île aurait servi les projets du grand maître actuel de la confrérie du Senoûsisme, Sidi Mohammed El-Mahedî. Mais, connaissant les difficultés d'une pareille entreprise, il attendait l'occasion d'agir avec cette patience qui est l'une des maîtresses facultés de l'Arabe. Le docteur ne l'ignorait pas, et il poussait activement ses travaux de défense. Pour les réduire, quand ils seraient achevés, il faudrait employer ces modernes engins de destruction, dont les Senoûsistes ne disposaient pas encore. D'ailleurs, de dix-huit à quarante ans, les habitants de l'île étaient déjà formés en compagnies de miliciens, pourvus d'armes de précision à tir rapide, exercés aux manœuvres de l'artillerie, commandés par des chefs choisis entre les meilleurs, et cette milice, c'était une force de cinq à six cents hommes sur laquelle on pouvait compter.

Si quelques colons occupaient des fermes établies dans la campagne, le plus grand nombre habitait la petite ville, qui avait reçu le nom transylvanien d'Artenak, en souvenir de ce domaine que le comte Sandorf possédait sur le revers des Carpathes. Artenak se montrait sous un très pittoresque aspect. Il y avait là quelques centaines de maisons, tout au plus. Au lieu d'être bâties sur un échiquier, à l'américaine, avec rues et avenues relevées au cordeau ou tracées au tire-ligne, elles étaient disposées, sans ordre, dominant les tumescences du sol, avec leur base dans de frais jardins, leur faîte sous de beaux ombrages, les unes de forme européenne, les autres de forme arabe, un peu pêlemêle, le long des courants d'eau vive envoyés par les machines élévatoires, — tout cela frais, aimable, attrayant, tentateur, — une cité au sens modeste de ce mot, dans laquelle les habitants, membres d'une même famille, pouvaient se mêler à la vie commune, en conservant le calme et l'indépendance du chez soi.

Heureux! oui, ils l'étaient ces indigènes d'Antékirtta. *Ubi bene, ibi patria*, est sans doute une devise peu patriotique; mais on voudra bien la passer à de braves gens accourus à l'appel du docteur, qui, misérables en leurs pays d'origine, trouvaient le bonheur et l'aisance dans cette île hospitalière.

Quant à la maison du docteur Antékirtt, les colons l'appelaient le Stadthaus, c'est-à-dire la maison de ville. Là demeurait, non le maître, mais le premier d'entre eux. C'était une de ces adorables habitations mauresques, avec miradores et moucharabys, patio intérieur, galeries, portiques, fontaines, salons et chambres décorés par d'habiles ornemanistes venus des provinces arabes. Pour sa construction, on avait employé les plus précieux matériaux, des marbres et des onyx, qui sortaient de cette riche montagne du Filfila, exploitée sur le golfe de Numidie, à quelques kilomètres de Philippeville, par un ingénieur aussi savant qu'artiste. Ces carbonates s'étaient merveilleusement prêtés à toutes les fantaisies de l'architecte, et, sous le puissant climat d'Afrique, ils revêtaient déjà cette nuance dorée que le soleil, comme avec un pinceau, promène au bout de ses rayons sur les pays de l'Orient.

Artenak, un peu en arrière, était dominée par l'élégant clocher d'une petite église, pour laquelle la même carrière avait fourni ses marbres blancs et noirs, qui s'approprient à tous les besoins de la statuaire et de l'architecture, ses bleus turquins, ses jaunes arborisés, curieux similaires des anciens produits de Carrare et de Paros.

En dehors de la ville, — *passim*, — sur les croupes

voisines, s'étageaient d'autres habitations d'allure
plus indépendante, quelques villas, un petit hôpital,
en une zone plus élevée de l'air, où le docteur,
l'unique médecin de la colonie, comptait envoyer
ses malades quand il en aurait. Puis, le long des
pentes qui descendaient à la mer, d'autres jolies
maisons formaient une station balnéaire. Entre
autres, une des plus confortables, mais trapue
comme un petit blockhaus, près de la porte du
môle, aurait pu s'appeler Villa Pescade et Matifou.
C'était là, en effet, qu'avaient été installés les deux
inséparables, avec un saïs affecté à leur service
particulier. Non! jamais ils n'eussent osé rêver une
fortune pareille!

« On est bien ici! répétait sans cesse Cap Matifou.

— Trop bien, répondait Pointe Pescade, et c'est au-
dessus de notre condition! Vois-tu, Cap Matifou, il
faudrait nous instruire, aller au collège, remporter
des prix de grammaire, obtenir nos brevets de ca-
pacité!

— Mais tu es instruit, Pointe Pescade! répliquait
l'Hercule. Tu sais lire, écrire, compter... »

En effet, auprès de son camarade, Pointe Pescade
eût passé pour un homme de science! En réalité, le
pauvre garçon ne savait que trop tout ce qui lui
manquait. Où et quand l'eût-il appris, lui qui n'avait

jamais fait ses classes, comme il le disait, qu'au
« Lycée des Carpes de Fontainebleau. » Aussi,
assidu à la bibliothèque d'Artenak, il cherchait à
s'instruire, il lisait, il piochait, tandis que Cap Matifou, avec l'autorisation du docteur, remuait les
sables et les roches du littoral pour y former un
petit port de pêche.

Du reste Pierre Bathory encourageait fort Pointe
Pescade, dont il avait reconnu l'intelligence peu
ordinaire, à laquelle il ne manquait que la cul-
ture. Il s'était fait son professeur, il le dirigeait de
façon à lui donner une instruction primaire très
complète, et l'élève faisait de rapides progrès. Il y
avait aussi d'autres raisons pour que Pierre se fût
attaché plus intimement Pointe Pescade. Celui-ci
n'était-il pas au courant de son passé? N'avait-il
pas eu pour mission de surveiller l'hôtel Toronthal?
N'était-il pas là, dans le Stradone, sur le passage
de son convoi, lorsque Sava avait été emportée
sans connaissance? Plus d'une fois, Pointe Pescade
avait dû faire le récit de ces douloureux événements, auxquels il avait pris une part indirecte.
C'était donc à lui seul que Pierre pouvait en parler
et qu'il en parlait, lorsqu'il ne pouvait plus contenir le trop plein de son cœur. De là, un lien plus
étroit, bien fait pour les unir l'un à l'autre.

Cependant le moment approchait où le docteur allait mettre son double plan à exécution : récompenser d'abord, punir ensuite.

Ce qu'il n'avait pu faire pour Andréa Ferrato, mort, quelques mois après sa condamnation, au bagne de Stein, il aurait voulu le faire pour ses enfants. Malheureusement, quelque soin que ses agents y eussent mis, il ignorait encore ce qu'étaient devenus Luigi et sa sœur. Après la mort de leur père, tous deux avaient quitté Rovigno et l'Istrie, s'exilant pour la seconde fois. Où étaient-ils allés? Personne n'avait pu le savoir, personne ne put le dire. C'était là un sujet de profonde affliction pour le docteur. Mais il ne renonçait pas à retrouver les enfants de l'homme qui s'était sacrifié pour lui, et, par son ordre, les recherches se poursuivaient sans relâche.

Quant à Mme Bathory, Pierre n'avait qu'un désir, c'était de la faire venir à Antékirtta; mais le docteur, voulant bénéficier de la prétendue mort de Pierre comme il bénéficiait de la sienne, lui fit comprendre la nécessité d'agir avec une extrême prudence. D'ailleurs, il voulait attendre, d'une part, que son convalescent eût recouvré assez de force pour le suivre dans la campagne qu'il allait entreprendre, et, de l'autre, — sachant que le mariage de Sava et de Sarcany avait été reculé par la mort de Mme Toronthal, — il était résolu à ne rien faire avant qu'il n'eût été célébré.

Un de ses agents de Raguse le tenait au courant de tout ce qui s'y passait, et surveillait la maison de Mme Bathory avec autant de soin que l'hôtel du Stradone.

Telle était alors la situation. Le docteur attendait impatiemment que toute cause de retard eût cessé. S'il ignorait encore ce qu'était devenu Carpena, dont on avait perdu la piste après son départ de Rovigno, Silas Toronthal et Sarcany, résidant toujours à Raguse, ne pouvaient lui échapper.

Les choses étant ainsi, que l'on juge de ce que le docteur dut éprouver, quand, le 20 août, une dépêche de son agent arriva au Stadthaus par le fil de Malte à Antékirtta. Cette dépêche mentionnait, d'abord, le départ de Silas Toronthal, de Sava et de Sarcany, puis, la disparition de Mme Bathory et de Borik qui venaient de quitter Raguse, sans qu'il eût été possible de retrouver leurs traces.

Le docteur n'avait plus à s'attarder. Il fit venir Pierre. Il ne lui cacha rien de ce qu'il venait d'apprendre. Quel coup ce fut pour lui! Sa mère disparue, Sava, entraînée on ne savait où, par Silas Toronthal, et, il n'en pouvait douter, toujours aux mains de Sarcany!

18

« Nous partirons dès demain, dit le docteur.

— Dès aujourd'hui! s'écria Pierre. Mais où chercher ma mère?... Où chercher?... »

Il n'acheva pas sa pensée... Le docteur Antékirtt l'avait interrompu et lui disait :

« J'ignore s'il ne faut voir qu'une simple coïncidence entre ces deux faits! Silas Toronthal et Sarcany sont-ils pour quelque chose dans la disparition de madame Bathory, nous le saurons! Mais, c'est à ces deux misérables qu'il faut aller d'abord!

— Où les retrouver?...

— En Sicile... peut-être! »

On s'en souvient, dans cette conversation entre Sarcany et Zirone, surprise par le comte Sandorf au donjon de Pisino, Zirone avait parlé de la Sicile comme du théâtre habituel de ses hauts faits, — théâtre sur lequel il proposait à son compagnon de revenir un jour, si les circonstances l'exigeaient. Le docteur avait retenu ce détail, en même temps que ce nom de Zirone. Ce n'était là qu'un faible indice, sans doute, mais à défaut d'autre, il pouvait permettre de relever la piste de Sarcany et de Silas Toronthal.

Le départ fut donc immédiatement décidé. Pointe Pescade et Cap Matifou, prévenus qu'ils accompagneraient le docteur, devaient se tenir prêts à le suivre. Pointe Pescade apprit alors ce qu'étaient Silas Toronthal, Sarcany et Carpena.

« Trois coquins! dit-il. Je m'en doutais! »

Puis, à Cap Matifou :

« Tu vas entrer en scène, dit-il.

— Bientôt?

— Oui, mais attends ta réplique! »

Ce fut le soir même que s'effectua le départ. Le *Ferrato*, toujours prêt à prendre la mer, ses vivres faits, ses soutes pleines, ses compas réglés, appareilla à huit heures.

On compte environ neuf cent cinquante milles depuis le fond de la Grande Syrte jusqu'à la pointe méridionale de la Sicile, à l'ouvert du cap Portio di Palo. Au rapide steam-yacht, dont la vitesse moyenne dépassait dix-huit milles à l'heure, il ne fallait qu'un jour et demi pour franchir cette distance.

Le *Ferrato*, ce croiseur de la marine antékirttienne, était un merveilleux bâtiment. Construit en France dans les chantiers de la Loire, il pouvait développer près de quinze cents chevaux de force effective. Ses chaudières, établies d'après le système Belleville, — système dans lequel les tubes contiennent l'eau et non la flamme, — avaient l'avantage de consommer peu de charbon, de produire une

vaporisation rapide, d'élever facilement la tension
de la vapeur jusqu'à quatorze et quinze kilo-
grammes, sans aucun danger d'explosion. Cette
vapeur, reprise à nouveau par des réchauffeurs,
devenait ainsi un agent mécanique d'une puissance
prodigieuse, et permettait au steam-yacht, bien
qu'il fût moins long que les grands avisos des
escadres européennes, de les égaler en vitesse.

Il va sans dire que le *Ferrato* était aménagé avec
un confort qui assurait toutes leurs aises à ses passagers. Il portait, en outre, quatre canons d'acier,
se chargeant par la culasse et disposés en bar-
bette, deux canons-revolvers Hotchkiss, deux mi-
trailleuses Gatlings; de plus, à l'avant, une longue
pièce de chasse qui pouvait lancer à six kilomètres
un projectile conique de treize centimètres.

Pour l'état-major, un capitaine, Dalmate d'origine, nommé Köstrik, un second et deux lieute-
nants; pour la machine, un premier mécanicien,
un second mécanicien, quatre chauffeurs et deux
soutiers; pour équipage, trente marins, dont un
maître et deux quartiers-maîtres; pour le service des
chambres et de la cuisine, deux chefs et trois saïs
faisant office de domestiques, — en tout quatre
officiers et quarante-trois hommes, tel était le personnel du bord.

Pendant ces premières heures, la sortie du golfe
de la Sidre s'accomplit dans d'assez bonnes conditions. Bien que le vent fût contraire, — une brise
de nord-ouest assez fraîche, — le capitaine pût im-
primer au *Ferrato* une remarquable vitesse ; mais il
lui fût impossible d'utiliser sa voilure, focs, trin-
quettes, voiles carrées du mât de misaine, voiles
auriques du grand mât et de l'artimon.

Durant la nuit, le docteur et Pierre, dans les
deux chambres contiguës qu'ils occupaient à bord,
Pointe Pescade et Cap Matifou, dans leurs cabines
de l'avant, purent reposer, sans s'inquiéter des
mouvements du steam-yacht, qui roulait passable-
ment comme tous les bons marcheurs. Pour être
véridique, il faut dire que, si le sommeil ne manqua
point aux deux amis, le docteur et Pierre, en proie
aux plus vives inquiétudes, prirent à peine quelque
repos.

Le lendemain, lorsque les passagers montèrent
sur le pont, plus de cent vingt milles avaient été
enlevés en ces douze heures depuis le départ d'Antékirtta. La brise venait de la même direction avec
une tendance à fraîchir. Le soleil s'était levé sur
un horizon orageux, et l'atmosphère, déjà lourde,
laissait présager une lutte prochaine des éléments.

18.

Pointe Pescade et Cap Matifou souhaitèrent le bonjour au docteur et à Pierre Bathory.

« Merci, mes amis, répondit le docteur. Avez-vous bien dormi dans vos couchettes?

— Comme des loirs qui auraient la conscience tranquille! répliqua gaiement Pointe Pescade.

— Et Cap Matifou a-t-il fait son premier déjeuner?

— Oui, monsieur le docteur, une soupière de café noir avec deux kilos de biscuit de mer!

— Hum!... Un peu dur, ce biscuit!

— Bah! pour un homme qui, jadis, mangeait des cailloux... entre ses repas! »

Cap Matifou remuait doucement sa grosse tête, — manière à lui d'approuver les réponses de son camarade.

Cependant le *Ferrato*, par l'ordre exprès du docteur, marchait à toute vitesse, en faisant jaillir deux écumantes colonnes d'eau sous le tranchant de son étrave.

Se hâter d'ailleurs n'était que prudent. Déjà même, le capitaine Köstrik, après en avoir causé avec le docteur, se demandait s'il n'y aurait pas lieu de venir en relâche à Malte, dont on pourrait voir les feux vers huit heures du soir.

En effet, l'état de l'atmosphère était de plus en plus menaçant. Malgré la brise d'ouest qui fraîchis-

sait avec l'abaissement du soleil, les nuages montaient toujours du levant et s'étendaient alors sur
les trois quarts du ciel. Au ras de la mer, c'était
une bande d'un gris livide, d'une matité profonde,
qui devenait d'un noir d'encre lorsqu'un rayon solaire
se glissait à travers ses déchirures. Déjà quelques
éclairs silencieux déchiraient cette large nuée électrique, dont la lisière supérieure s'arrondissait en
pesantes volutes aux contours durement arrêtés.
En même temps, comme s'il y avait lutte entre les
vents de l'ouest et ceux de l'est qu'on ne sentait
pas encore, mais dont la mer déséquilibrée éprouvait le contre-coup, les lames grossissaient contre
la houle de fond, s'échevelaient et commençaient à
déferler sur le pont du yacht. Puis, vers six heures,
tout devint obscur sous cette voûte d'épaisses nues,
qui couvraient l'espace. Le tonnerre grondait, et
de vifs éclairs illuminaient ces lourdes ténèbres.

« Liberté de manœuvre! dit le docteur au capitaine.

— Oui! Il le faut, monsieur le docteur, répondit
le capitaine Köstrik. Sur la Méditerranée, c'est tout
l'un ou tout l'autre! L'est et l'ouest luttent à qui
l'emportera, et l'orage aidant, je crains que l'avantage ne reste au premier. La mer va devenir très
très dure au delà de Gozzo ou de Malte, et il est pos-

sible que nous soyons gênés. Je ne vous propose
pas d'aller relâcher à La Vallette, mais de chercher
un abri jusqu'au jour sous la côte occidentale de
l'une ou de l'autre île.

— Faites ce qu'il faut, » répondit le docteur.

Le steam-yacht se trouvait alors dans l'ouest de
Malte, à une distance de trente milles environ. Sur
l'île de Gozzo, située un peu au nord-ouest de
celle de Malte, dont elle n'est séparée que par
deux canaux étroits, formés par un îlot central,
il y a un feu de premier ordre avec une portée de
vingt-sept milles.

Avant une heure, malgré les violences de la mer,
le *Ferrato* devait être dans le rayon de ce feu.
Après l'avoir relevé avec soin, sans trop rallier la
terre, on pourrait suffisamment s'en rapprocher
pour trouver un abri pendant quelques heures.

C'est ce que fit le capitaine Köstrik, non sans
avoir pris la précaution de modérer sa vitesse, afin
d'éviter tout accident, soit à la coque, soit à la machine du *Ferrato*.

Cependant, une heure après, le feu de Gozzo
n'avait pas encore été aperçu. Impossible d'avoir
connaissance de cette terre, bien que ses falaises se
découpent à une assez grande hauteur.

L'orage était alors dans toute sa violence. Une

pluie chaude tombait par grains. La masse des vapeurs de l'horizon, maintenant haillonnée par le
vent, passait à travers l'espace avec une extrême
vitesse. Entre leurs déchirures brillaient subitement
quelques étoiles qui s'éteignaient aussitôt, et la
queue de ces haillons, traînant jusqu'à la mer, la
balayait comme d'immenses houppes. De triples
éclairs, frappant les lames en trois endroits, enve-
loppaient parfois le steam-yacht tout entier, et les
éclats de la foudre ne cessaient plus d'ébranler l'air.

Jusqu'alors la situation avait été difficile : elle
allait rapidement devenir inquiétante.

Le capitaine Köstrik, sachant qu'il devait se
trouver de vingt milles au moins dans la portée
du feu de Gozzo, n'osait plus s'approcher de l'île.
Il pouvait même craindre que ce ne fût la hauteur
des terres qui l'empêchât de l'apercevoir. Dans ce
cas, il en aurait été extrêmement près. Or, à donner
sur les roches isolées qui bordent le pied de ses falaises, on se fût immédiatement perdu.

Vers neuf heures et demie, le capitaine prit donc
la résolution de mettre en panne sous petite vapeur.
S'il ne stoppa pas complètement, du moins réduisit-
il la machine à quelques tours d'hélice seulement,
— ce qu'il fallait pour que le navire ne restât pas
insensible au gouvernail et présentât toujours sa

joue à la lame. Dans ces conditions, il devait être et fut horriblement secoué, mais au moins ne risquait-il plus de se jeter à la côte.

Cela dura trois heures, — jusqu'à minuit environ. A ce moment, la situation s'aggrava encore.

Ainsi que cela arrive fréquemment par ces temps d'orage, la lutte entre les vents opposés de l'est et de l'ouest cessa soudain. La brise revint au point du compas qu'elle avait tenu pendant le jour, avec la violence d'un coup de vent. Son impétuosité, refoulée pendant plusieurs heures par les courants contraires, reprit le dessus au milieu des éclaircies du ciel.

« Un feu par tribord devant! cria un des hommes de quart, de garde au pied du beaupré.

— La barre dessous toute! » répondit le capitaine Köstrik, qui voulait s'éloigner de la côte.

Lui aussi avait vu le feu signalé. Ses éclats intermittents indiquaient bien que c'était celui de Gozzo. Il n'était que temps de revenir en direction opposée, car les vents contraires se déchaînaient avec une incomparable furie. Le *Ferrato* n'était pas à deux milles de la pointe, au-dessus de laquelle le phare venait subitement d'apparaître.

L'ordre de pousser la pression fut envoyé au mécanicien; mais, soudain, la machine se ralentit, puis cessa de fonctionner.

Le docteur, Pierre Bathory, l'équipage, tous étaient sur le pont, pressentant quelque complication grave.

En effet un accident venait d'arriver. Le clapet de la pompe à air n'agissait plus, le condenseur fonctionnait mal, et, après quelques tours bruyants, comme si des détonations se fussent produites à l'arrière, l'hélice s'arrêta tout à fait.

Un pareil accident était irréparable, du moins dans ces conditions. Il aurait fallu démonter la pompe, ce qui eût demandé plusieurs heures. Or, en moins de vingt minutes, drossé par ces rafales, le steam-yacht pouvait être à la côte.

« Hisse la trinquette!... Hisse le grand foc!... Hisse la brigantine! »

Tels furent les ordres donnés par le capitaine Köstrik, qui ne pouvait plus disposer que de sa voilure pour se relever, — ordres auxquels l'équipage s'empressa d'obéir en manœuvrant dans un admirable ensemble. Si Pointe Pescade, avec son agilité, si son compagnon, avec sa force prodigieuse, lui vinrent en aide, cela va sans dire. Les drisses eussent plutôt cassé que de ne pas céder aux pesées de Cap Matifou.

Mais la situation du *Ferrato* n'en était pas moins très compromise. Un bateau à vapeur, avec ses

formes allongées, son manque de largeur, son peu
de tirant d'eau, sa voilure généralement insuffisante,
n'est pas fait pour naviguer contre le vent ou biaiser
avec lui. S'il lui faut courir au plus près, pour peu
que la mer soit dure, il risque de manquer ses
virages et de se mettre au plein.

C'est ce qui menaçait le *Ferrato*. Outre qu'il
éprouvait de réelles difficultés à faire de la toile,
il lui était impossible de revenir dans l'ouest contre
le vent. Peu à peu, poussé vers le pied des falaises,
il semblait n'avoir plus qu'à choisir l'endroit où il
ferait côte dans les moins mauvaises conditions.
Malheureusement, par cette nuit profonde, le capitaine Köstrik ne pouvait rien reconnaître de la
disposition du littoral. Il savait bien que deux canaux
séparent l'île Gozzo de l'île de Malte, de chaque
côté d'un îlot central, l'un le North Comino, l'autre
le South Comino. Mais de trouver leur ouverture au
milieu de ces ténèbres, de s'y lancer à travers cette
mer furieuse pour aller chercher l'abri de la côte
orientale de l'île et peut-être atteindre le port de La
Vallette, était-ce possible? Un pilote, un pratique,
eussent seuls pu tenter une si périlleuse manœuvre. Et dans cette sombre atmosphère, par
cette nuit de pluie et de brumailles, quel pêcheur
se fût hasardé à venir jusqu'au navire en perdition.

Cependant, le sifflet d'alarme du steam-yacht jetait au milieu des brouhahas du vent d'assourdissants appels, et trois coups de canon furent successivement tirés.

Soudain, du côté de la terre, un point noir apparut dans les brumes. Une embarcation s'avançait vers le *Ferrato*, sa voile au bas ris. C'était, sans doute, quelque pêcheur que la tempête avait obligé à se réfugier au fond de la petite anse de Melléah. Là, son canot à l'abri des rochers, réfugié dans cette admirable grotte de Calypso, qui pourrait être comparée à la grotte de Fingal des Hébrides, il avait entendu les sifflets et le canon de détresse.

Aussitôt, au risque de sa vie, cet homme n'avait pas hésité à se porter au secours du steam-yacht à demi désemparé. Si le *Ferrato* pouvait être sauvé, il ne pouvait l'être que par lui.

Peu à peu l'embarcation s'approchait. Une amarre fut préparée à bord pour lui être lancée, au moment où elle accosterait. Il y eut là quelques minutes qui parurent être interminables. On n'était plus qu'à une demi-encâblure des récifs.

A ce moment, l'amarre fut lancée; mais une énorme lame, soulevant l'embarcation, la précipita contre les flancs du *Ferrato*. Elle fut mise en pièces, et le pêcheur qui la montait aurait certainement

péri, si Cap Matifou ne l'eût retenu, enlevé à bout
de bras, déposé sur le pont, comme il aurait fait
d'un enfant.

Alors, sans prononcer une parole, — en aurait-il
eu le temps ? — ce pêcheur sauta sur la passerelle,
saisit la roue du gouvernail, et, au moment où, son
avant tourné vers les roches, le *Ferrato* allait s'y
briser, il prenait du tour, il donnait dans l'étroite
passe du canal de North Comino, il la traversait
vent arrière, et, en moins de vingt minutes, il se
retrouvait sur la côte est de Malte dans une mer
plus calme. Alors, ses écoutes bordées, il longea
la terre à moins d'un demi-mille. Puis, vers quatre
heures du matin, lorsque les premières lueurs du
jour commençaient à blanchir à l'horizon du large,
il suivait le chenal de La Valette, et mouillait au
quai de la Senglea, à l'entrée du port militaire.

Le docteur Antékirtt monta alors sur la passerelle, et, s'adressant au jeune marin :

« Vous nous avez sauvés, mon ami, dit-il.

— Je n'ai fait que mon devoir.

— Êtes-vous pilote ?

— Non, je ne suis qu'un pêcheur.

— Et vous vous nommez ?...

— Luigi Ferrato ! »

V

MALTE.

Ainsi, c'était le fils du pêcheur de Rovigno, qui venait de dire son nom au docteur Antékirtt! Par un hasard providentiel, c'était Luigi Ferrato, dont le courage et l'habileté venaient de sauver le steam-yacht, ses passagers, tout son équipage, d'une perte certaine!

Le docteur fut sur le point de s'élancer vers Luigi pour le serrer dans ses bras... Il se retint. C'eût été le comte Sandorf qui se fût abandonné à cet élan de reconnaissance, et le comte Sandorf devait être mort pour tous, même pour le fils d'Andréa Ferrato.

Mais, si Pierre Bathory était obligé à la même réserve et pour les mêmes raisons, il allait l'oublier, lorsque le docteur l'arrêta d'un regard. Puis tous deux descendirent dans le salon, où Luigi fut prié de les suivre.

« Mon ami, lui demanda le docteur, êtes-vous le fils d'un pêcheur de l'Istrie, qui se nommait Andréa Ferrato?

— Oui, monsieur, répondit Luigi.

— N'aviez-vous pas une sœur?...

— Oui, et nous demeurons ensemble à La Vallette. — Mais, ajouta-t-il avec une certaine hésitation, est-ce que vous avez connu mon père?

— Votre père! répondit le docteur. Votre père, il y a quinze ans, avait donné asile à deux fugitifs dans sa maison de Rovigno! Ces fugitifs étaient des amis à moi que son dévouement n'a pu sauver! Mais ce dévouement a coûté à Andréa Ferrato la liberté et la vie, puisqu'il a été envoyé au bagne de Stein où il est mort!...

— Et il y est mort, sans avoir rien regretté de ce qu'il avait fait! » répondit Luigi.

Le docteur prit la main du jeune pêcheur.

« Luigi, dit-il, c'est à moi que mes amis ont donné la tâche de payer la dette de reconnaissance qu'ils avaient contractée envers votre père. Depuis bien des années, j'ai cherché à savoir ce que vous étiez devenus, votre sœur et vous, mais on avait perdu vos traces depuis votre départ de Rovigno. Que Dieu soit donc remercié de vous avoir envoyé à mon secours! Le navire que vous avez sauvé, je lui ai donné le nom de *Ferrato* en souvenir d'Andréa!... Laissez-moi vous embrasser, mon enfant! »

Pendant que le docteur le pressait sur sa poitrine, Luigi sentit les larmes lui venir aux yeux.

Devant cette touchante scène, Pierre ne put se contenir. Ce fut comme une expansion de tout son être qui l'entraîna vers ce jeune homme, ayant à peu près son âge, ce brave fils du pêcheur de Rovigno!

« Et moi!... moi! s'écria-t-il, les bras tendus.

— Vous... monsieur?

— Moi... le fils d'Etienne Bathory! »

Le docteur pouvait-il regretter que cet aveu fût échappé à Pierre? Non! Luigi Ferrato saurait garder son secret, comme Pointe Pescade et Cap Matifou le gardaient eux-mêmes!

Luigi fut instruit alors de tout, et apprit plus particulièrement quel but poursuivait le docteur Antékirtt. Une seule chose ne lui fut pas dite : le jeune pêcheur ne devait pas savoir qu'il était en présence du comte Mathias Sandorf.

Le docteur voulut immédiatement se faire conduire auprès de Maria Ferrato. Il était impatient de

19.

la revoir, impatient surtout de connaître sa vie, — une vie de travail et de misère, sans doute, puisque la mort d'Andréa l'avait laissée seule avec son frère à sa charge.

« Oui, monsieur le docteur, répondit Luigi, débarquons à l'instant, puisque vous le voulez bien! Maria doit être très inquiète de moi! Voilà bientôt quarante-huit heures que je l'ai quittée pour aller pêcher dans l'anse de Melléah, et, pendant la tempête de cette nuit, elle peut craindre qu'il ne me soit arrivé malheur!

— Vous aimez bien votre sœur? demanda le docteur Antékirtt.

— C'est ma mère et ma sœur à la fois! » répondit Luigi.

L'île de Malte, située à cent kilomètres de la Sicile, appartient-elle plutôt à l'Afrique qu'à l'Europe, bien qu'elle en soit éloignée de deux cent cinquante? C'est une question qui a passionné les géographes. Quoi qu'il en soit, après avoir été donnée par Charles-Quint aux frères hospitaliers, chassés de Rhodes par Soliman, qui s'associèrent alors sous le nom de chevaliers de Malte, elle appartient maintenant aux Anglais, et on aurait quelque peine à la leur reprendre.

Malte est une île longue de vingt-huit kilomè-

tres, large de seize. Elle a La Vallette et ses annexes pour capitale, puis d'autres villes et villages,
tels que la Cité notable ou Citta Vecchia, — sorte
de ville sainte qui fut le siège de l'évêché au temps
des chevaliers, — le Bosquet, Dinghi, Zébug, Itard,
Berkercara, Luca, Farrugi, etc. Assez fertile dans
sa partie orientale, très aride dans sa partie occidentale, elle offre un contraste frappant, qui se
tradüit par la densité de sa population vers l'est,
— en tout, plus de cent mille habitants.

Ce que la nature a fait pour cette île en découpant
dans son littoral quatre ou cinq ports, les plus
beaux du monde, surpasse tout ce qu'on peut imaginer. De l'eau partout, partout des pointes, des
caps, des hauteurs, prêtes à recevoir fortifications
et batteries. Aussi les chevaliers en avaient-ils déjà
fait une place difficile à prendre, et les Anglais, qui
l'ont conservée malgré la paix d'Amiens, l'ont ils
rendue imprenable. Aucun cuirassé, semble-t-il, ne
saurait forcer les passes de la Grande Marse ou
grand port, non plus que celles du port de la Quarantaine ou Marse Muscetto. D'ailleurs, il faudrait
qu'ils pussent s'en approcher, et il y a maintenant,
du côté de la mer, deux canons de cent tonnes, avec
leurs appareils hydrauliques de chargement et de
pointage, qui envoient un projectile de neuf cents

kilos à quinze kilomètres. Avis aux puissances qui
regrettent de voir entre les mains de l'Angleterre
cette admirable station, commandant la Méditerranée centrale, et dans laquelle pourraient tenir
toutes les flottes ou escadres du Royaume-Uni.

Certainement, il y a des Anglais à Malte. On
y trouve un gouverneur général, logé dans l'ancien
palais du Grand Maître de l'ordre, un amiral, chef
de la marine et des ports, une garnison de quatre à
cinq mille hommes; mais on y trouve aussi des
Italiens qui voudraient y être chez eux, puis une
population flottante, cosmopolite, comme à Gibraltar, et surtout des Maltais.

Les Maltais, ce sont des Africains. Dans les ports,
ils conduisent leurs embarcations aux vives cou-
leurs; dans les rues, ils lancent leurs voitures sur
des pentes vertigineuses; dans les marchés, ils dé-
bitent fruits, légumes, viandes, poissons, sous la
lampe d'une petite sainte peinturlurée, au milieu
d'un assourdissant tapage. On dirait que tous les
hommes se ressemblent, teint basané, cheveux
noirs, quelque peu crépus, yeux ardents, taille
moyenne mais robuste. On jurerait que toutes les
femmes sont de la même famille, grands yeux à
longs cils, cheveux foncés, mains charmantes,
jambes fines, corsage souple, avec une certaine

morbidesse, et la peau d'une blancheur que ne peut brunir le soleil sous la « falzetta », sorte de manteau de soie noire, à la mode tunisienne, commun à toutes les classes, et qui sert à la fois de coiffure, de mantille et même d'éventail.

Les Maltais ont l'instinct mercantile. On les rencontre partout où l'on peut trafiquer. Travailleurs, économes, industrieux, sobres, mais violents, vindicatifs, jaloux; c'est surtout dans le bas peuple qu'ils se prêtent le plus à l'étude de l'observateur. Ils parlent une sorte de patois dont le fond est arabe, reste de la conquête qui suivit la chute du Bas-Empire, langage vif, animé, pittoresque, propre aux métaphores, aux images, à la poésie. Ce sont de bons marins, quand on peut les tenir, et de hardis pêcheurs que les fréquentes tempêtes de ces mers ont familiarisés avec le danger.

C'était dans cette île que Luigi exerçait maintenant son métier avec autant d'audace que s'il eût été Maltais, et c'est là qu'il demeurait depuis près de quinze ans avec sa sœur Maria Ferrato.

La Vallette et ses annexes, — a-t-il été dit. C'est qu'en réalité il y a six villes, au moins, sur les deux ports de la Grande Marse et de la Quarantaine. Floriana, La Senglea, La Cospiqua, La Vittoriosa, La Sliema, La Misida ne sont pas des

faubourgs, ni même un simple assemblage de maisons habitées par la classe pauvre, mais de véritables cités, avec demeures somptueuses, hôtels,
églises, dignes de la capitale qui est riche de vingt-
cinq mille habitants, et dans laquelle on peut
admirer ces palais qui s'appellent les « auberges »
de Provence, de Castille, d'Auvergne, d'Italie et de
France.

C'est à La Vallette que demeuraient le frère et
la sœur. Il serait peut-être plus juste de dire sous
La Vallette, car ils habitaient une sorte de quartier
souterrain, nommé le Manderaggio, dont l'entrée
se trouve sur la Strada San Marco. C'est là qu'ils
avaient pu trouver un logement en rapport avec
leurs faibles ressources, et c'est dans cette hypogée
que Luigi conduisit le docteur et Pierre, dès que le
mouillage du steam-yacht eut été terminé.

Tous trois, après avoir repoussé des centaines
d'embarcations qui les assaillaient de leurs offres
de service, débarquèrent sur le quai. Ils franchirent
alors la Porte de la Marine, encore assourdis par
les carillons et sonneries de cloches, qui font planer
comme une atmosphère sonore au-dessus de la
capitale de Malte. Après avoir passé sous le fort à
double casemate, ils remontèrent une rapide rampe,
puis une étroite rue en escalier. Entre de hautes

maisons à miradores verdâtres et à niches avec lampes allumées, ils arrivèrent devant la cathédrale de Saint-Jean, au milieu de la population la plus bruyante du monde.

Lorqu'ils eurent atteint le dos de cette colline, à peu près à la hauteur de la cathédrale, ils redescendirent en se dirigeant vers le port de la Quarantaine ; puis, Strada San Marco, ils s'arrêtèrent à mi-côte devant un escalier qui s'enfonçait à droite vers les profondeurs de la ville.

Le Manderaggio est un quartier qui se prolonge jusque sous les remparts, avec rues étroites, où le soleil ne peut jamais pénétrer, hauts murs jaunâtres, irrégulièrement percés de mille trous, qui servent de fenêtres, les uns libres, les autres grillés. Partout, des tournants d'escaliers, descendant à de véritables cloaques, des portes basses, humides, sordides, comme aux maisons d'une Kasbah, des boyaux ravinés, des tunnels sombres, qui ne méritent même pas le nom de ruelles. Et, à toutes les ouvertures, à tous les soupiraux, sur les paliers déjetés, sur les marches branlantes, une population effroyable, des vieilles femmes à faces de sorcières, des mères à figure exsangue, anémiées par le mauvais air, des filles de tout âge, déguenillées, des garçons à demi nus, maladifs, se vautrant dans

la fange, des mendiants avec toute leur variété de
plaies ou difformités fructueuses, des hommes,
portefaix ou pêcheurs, à physionomie farouche,
capables de tous les mauvais coups à porter ou à
faire, — puis, à travers ce grouillement humain,
quelques flegmatiques policemen, habitués à ce
monde invraisemblable, non seulement familiarisés
mais familiers avec cette tourbe! Une vraie Cour
des Miracles, enfin, mais transportée au milieu
d'une substruction étrange, dont les dernières rami-
fications aboutissent à des soupiraux grillagés,
ouverts dans l'épaisseur des courtines, au ras de
ce quai de la Quarantaine, inondé de soleil et de
brise marine.

C'était dans une des maisons de ce quartier,
au plus haut étage, que demeuraient Maria et Luigi
Ferrato. Deux chambres seulement. Le docteur fut
frappé de l'indigence que révélait ce pauvre logement, mais aussi de sa propreté. On y retrouvait la
main de la ménagère soigneuse, qui entretenait
jadis la maison du pêcheur de Rovigno.

A l'entrée du docteur et de Pierre Bathory, Maria
se leva. Puis, s'adressant à son frère :

« Mon enfant!... mon Luigi! » s'écria-t-elle.

On comprend ce qu'avaient dû être ses angoisses
pendant cette tourmente de la nuit dernière.

Luigi embrassa sa sœur et lui présenta les personnes qui l'accompagnaient.

Le docteur raconta en quelques mots dans quelles circonstances Luigi venait de risquer sa vie pour sauver un navire en perdition, et, en même temps, il lui nomma Pierre, le fils d'Etienne Bathory.

Pendant qu'il parlait, Maria le regardait avec tant d'attention, tant d'émotion même, que le docteur put craindre un instant qu'elle n'eût deviné en lui le comte Sandorf. Mais ce ne fut qu'un éclair qui s'éteignit aussitôt dans ses yeux. Après quinze ans, comment aurait-elle reconnu celui qui n'avait été que pendant quelques heures l'hôte de son père?

La fille d'Andréa Ferrato avait alors trente-trois ans. Elle était toujours belle par la pureté des lignes de son visage, l'ardeur de ses grands yeux. Quelques cheveux blancs, mêlés à sa chevelure noire, disaient qu'elle avait plus souffert des duretés de sa vie que de sa durée. L'âge n'était pour rien dans cette blancheur précoce, due aux fatigues, aux tourments, aux douleurs éprouvées depuis la mort du pêcheur de Rovigno.

« Votre avenir et celui de Luigi nous appartiennent, maintenant! dit en terminant son récit le docteur Antékirtt. Mes amis n'étaient-ils pas les débiteurs d'Andréa Ferrato? Vous permettez, Maria, que Luigi ne se sépare plus de nous?

— Messieurs, répondit Maria, mon frère n'a fait que ce qu'il devait, cette nuit, en se portant à votre secours, et je remercie le ciel de lui avoir inspiré cette pensée. Il est le fils d'un homme qui n'a jamais connu qu'une chose, son devoir.

— Et nous n'en connaissons qu'une, nous aussi, répondit le docteur, c'est notre droit de payer une dette de reconnaissance aux enfants de celui que.... »

Il s'arrêta. Maria le regardait de nouveau, et ce regard le pénétrait tout entier. Il craignait d'en avoir trop dit.

« Maria, reprit alors Pierre Bathory, vous ne voudriez pas empêcher Luigi d'être mon frère?...

— Et vous ne refuseriez pas d'être ma fille? » ajouta le docteur en lui tendant la main.

Il fallut alors que Maria racontât sa vie depuis le départ de Rovigno, comment l'espionnage des agents de l'Autriche lui rendait l'existence insupportable, là, pourquoi elle avait eu l'idée de venir à Malte, où Luigi devait trouver à se perfectionner dans le métier de marin en continuant son métier de pêcheur, puis ce qu'avaient été ces longues années, pendant lesquelles tous deux durent lutter contre la misère, car leurs faibles ressources s'étaient promptement épuisées.

Mais Luigi rivalisa bientôt d'audace et d'habileté avec les Maltais, dont la réputation n'est plus à faire. Merveilleux nageur comme eux, il eût pu se mesurer avec ce fameux Nicolo Pescei, un enfant de La Vallette, qui porta, dit-on, des dépêches de Naples à Palerme, en traversant à la nage la mer Eolienne. Aussi eut-il toute facilité pour chasser ces courlis et ces pigeons sauvages, dont il faut aller chercher les nids jusqu'au fond d'inabordables grottes que le ressac de la mer rend si dangereuses. Pêcheur audacieux, jamais son canot n'avait reculé devant un coup de vent, lorsqu'il s'agissait de tendre ses filets ou ses lignes. Et c'est dans ces conditions que, la nuit précédente, il se trouvait en relâche à l'anse de Melléah, lorsqu'il entendit les signaux du steam-yacht en détresse.

Mais, à Malte, les oiseaux de mer, les poissons, les mollusques, sont si abondants que la modicité de leur prix rend la pêche peu lucrative. Malgré tout son zèle, Luigi avait bien de la peine à subvenir aux besoins du petit ménage, quoique Maria, de son côté, travaillât à quelques ouvrages de couture. Aussi avait-il fallu, pour ne pas compromettre un budget si restreint, accepter ce logement dans le Manderaggio.

Pendant que Maria racontait cette histoire, Luigi, qui était entré dans sa chambre, en revint, une lettre à la main. C'étaient les quelques lignes qu'Andréa Ferrato avait écrites avant de mourir :

« Maria, disait-il, je te recommande ton frère ! Il n'aura bientôt plus que toi au monde ! De ce que j'ai fait, mes enfants, je n'ai nul regret, si ce n'est de n'avoir pu réussir à sauver ceux qui s'étaient confiés à moi, même en sacrifiant ma liberté et ma vie ! Ce que j'ai fait, je le referais encore ! N'oubliez jamais votre père, qui meurt en vous envoyant ses dernières tendresses !

« ANDRÉA FERRATO. »

A cette lecture, Pierre Bathory ne chercha point à cacher son attendrissement, tandis que le docteur Antékirtt détournait la tête pour échapper aux regards de Maria.

« Luigi, dit-il alors avec une brusquerie voulue, votre embarcation s'est brisée cette nuit en accostant mon yacht...

— Elle était déjà vieille, monsieur le docteur, répondit Luigi, et, pour tout autre que moi, la perte ne serait pas grande !

— Soit, Luigi, mais vous me permettrez de la remplacer par une autre, par le navire même que vous avez sauvé.

— Quoi?...

— Voulez-vous être second à bord du *Ferrato?* J'ai besoin d'un homme jeune, actif, bon marin!

— Accepte, Luigi, s'écria Pierre, accepte!

— Mais... ma sœur?...

— Votre sœur sera de cette grande famille qui habite mon île Antékirtta! répondit le docteur. Votre existence m'appartient désormais, et je la ferai si heureuse que vous ne pourrez plus rien regretter du passé, si ce n'est d'avoir perdu votre père! »

Luigi s'était jeté sur les mains du docteur, il les serrait, il les baisait, pendant que Maria ne pouvait témoigner sa reconnaissance autrement que par des larmes.

« Demain, je vous attends à bord! » dit le docteur.

Et, comme s'il n'eût plus été maître de dominer son émotion, il sortit rapidement, après avoir fait signe à Pierre de le suivre.

« Ah! lui dit-il, que c'est bon, mon fils... que c'est bon d'avoir à récompenser!

— Oui... meilleur que de punir, répondit Pierre.

20.

-- Mais il faut punir! »

Le lendemain, le docteur attendait à son bord Maria et Luigi Ferrato.

Déjà, le capitaine Köstrik avait pris ses dispositions pour que les réparations fussent faites sans retard à la machine du steam-yacht. Grâce au concours de MM. Samuel Grech et Cie, agents maritimes de la Strada Levante, auxquels le navire avait été consigné, les travaux allaient marcher rapidement. Cependant ils devaient exiger de cinq à six jours, car il fallait démonter la pompe à air et le condenseur, dont quelques tuyaux fonctionnaient insuffisamment. Ce retard ne pouvait que contrarier le docteur Antékirtt, très impatient d'arriver sur la côte sicilienne. Aussi eut-il un instant la pensée de faire venir à Malte sa goëlette *Savarèna*, mais il y renonça. En effet, mieux valait attendre quelques jours de plus et ne rallier la Sicile que sur un navire rapide et bien armé.

Cependant, par précaution, en vue d'éventualités qui pouvaient se produire, une dépêche fut lancée par le fil sous-marin qui reliait Malte à Antékirtta. Par cette dépêche, ordre était donné à l'*Électric* 2 de venir croiser immédiatement sur la côte de Sicile, dans les parages du cap Portio di Palo.

Vers neuf heures du matin, une embarcation

amena à bord Maria Ferrato et son frère. Tous deux furent reçus par le docteur avec les marques de la plus vive affection.

Luigi fut présenté au capitaine, aux maîtres et à l'équipage avec le titre de second, — l'officier qui remplissait ces fonctions devant passer à bord de l'*Électric* 2, dès qu'il aurait rallié la côte méridionale de Sicile.

A regarder Luigi, il n'y avait point à se tromper : c'était un marin. Quant à son courage, à son audace, on savait comment il s'était conduit, trente-six heures auparavant, dans la baie de Melléah. Il fut acclamé. Puis, son ami Pierre et le capitaine Köstrik lui firent les honneurs du navire qu'il désirait visiter dans tous ses détails.

Pendant ce temps, le docteur s'entretenait avec Maria et lui parlait de son frère en des termes qui devaient la toucher profondément.

« Oui!... c'est tout son père! » disait-elle.

Sur la proposition que lui fit le docteur, soit de rester à bord jusqu'à la fin de l'expédition projetée, soit de revenir directement à Antékirtta, où il lui offrait de la faire conduire, Maria demanda, de préférence, à l'accompagner jusqu'en Sicile. Il fut donc convenu qu'elle profiterait de la relâche du *Ferrato* à La Vallette pour mettre ordre à ses affaires, vendre les quelques objets qui n'avaient pas pour elle la valeur d'un souvenir, réaliser enfin le peu qu'elle possédait, de manière à pouvoir s'installer dans sa cabine la veille du départ.

Le docteur n'avait point caché à Maria quels étaient les projets, dont il allait poursuivre l'exécution jusqu'à leur entier accomplissement. Une partie de ce plan se trouvait déjà réalisé, puisque les enfants d'Andréa Ferrato n'avaient plus à s'inquiéter de l'avenir. Mais retrouver Silas Toronthal et Sarcany, d'une part, de l'autre, s'emparer de Carpena, cela était à faire, cela se ferait. Pour les deux premiers, on comptait ressaisir leurs traces en Sicile. Pour le second, on chercherait.

C'est alors que Maria demanda au docteur à lui parler en particulier.

« Ce que j'ai à vous apprendre, dit-elle, jusqu'ici, j'ai cru devoir le cacher à mon frère. Il n'eût pu se contenir, et, sans doute, de nouveaux malheurs nous auraient frappés.

— Luigi visite en ce moment le poste de l'équipage, répondit le docteur. Descendons au salon, Maria, et là vous pourrez parler sans crainte d'être entendue! »

Lorsque la porte du salon eut été fermée, tous deux prirent place sur un divan, et Maria dit :

« Carpena est ici, monsieur le docteur! »

« — A Malte ?

— Oui, depuis quelques jours.

— A La Vallette ?

— Dans le Manderaggio même, là où nous demeurons ! »

Le docteur fut à la fois très surpris et très
satisfait de ce qu'il venait d'apprendre. Puis, reprenant :

« Vous ne vous trompez pas, Maria ?

— Non, je ne me trompe pas ! La figure de cet
homme est restée dans mon souvenir ! Cent ans se
seraient écoulés que je n'aurais pas hésité à le
reconnaître !... Il est ici !

— Luigi l'ignore ?

— Oui, monsieur le docteur, et vous comprenez
pourquoi j'ai voulu le lui laisser ignorer ! Il aurait
été trouver ce Carpena, il l'eût provoqué, peut-être....

— Vous avez bien fait, Maria ! C'est à moi seul
que cet homme appartient ! Mais pensez-vous qu'il
vous ait reconnue ?

— Je ne sais, répondit Maria. Deux ou trois fois,
je l'ai rencontré dans les ruelles du Manderaggio,
et il s'est retourné pour me regarder avec une
certaine attention défiante. S'il m'a suivie, s'il a
demandé mon nom, il doit savoir qui je suis.

— Il ne vous a jamais adressé la parole ?

— Jamais.

— Et savez-vous, Maria, pourquoi il est venu à La Vallette, ce qu'il y fait depuis son arrivée?

— Tout ce que je puis dire, c'est qu'il vit au milieu de la plus détestable population du Manderaggio. Il ne quitte pas les cabarets les plus suspects, il y recherche les coquins les plus avérés. Comme l'argent ne paraît pas lui manquer, je crois qu'il s'occupe à racoler des bandits de son espèce pour tenter quelque mauvais coup.

— Ici?...

— Je n'ai pu le savoir, monsieur le docteur.

— Je le saurai! »

En ce moment, Pierre entra dans le salon, suivi du jeune pêcheur, et l'entretien prit fin.

« Eh bien, Luigi, demanda le docteur Antékirtt, êtes-vous content de ce que vous avez vu?

— C'est un admirable navire que le *Ferrato!* répondit Luigi.

— Je suis heureux qu'il vous plaise, Luigi, répondit le docteur, puisque vous le commanderez en second, en attendant que les circonstances en fassent de vous le capitaine!

— Oh! monsieur....

— Mon cher Luigi, reprit Pierre, avec le docteur Antékirtt, n'oublie pas que tout arrive!

— Oui! tout arrive, Pierre, mais dis plutôt avec l'aide de Dieu! »

Maria et Luigi prirent alors congé du docteur et de Pierre, afin de retourner à leur petit logement. Il fut convenu que Luigi ne commencerait son service que lorsque sa sœur serait installée à bord. Il ne fallait pas que Maria restât seule dans le Manderaggio, puisqu'il était possible que Carpena eût reconnu en elle la fille d'Andréa Ferrato.

Lorsque le frère et la sœur furent partis, le docteur fit venir Pointe Pescade, auquel il voulait parler en présence de Pierre Bathory.

Pointe Pescade arriva aussitôt, et se tint dans l'attitude d'un homme toujours prêt à recevoir un ordre, toujours prêt à l'exécuter.

« Pointe Pescade, lui dit le docteur, j'ai besoin de toi.

— De moi et de Cap Matifou?...

— De toi seul, d'abord.

— Que dois-je faire?

— Débarquer à l'instant, te rendre au Manderaggio, un des quartiers souterrains de La Vallette, y prendre un logement quelconque, une chambre, un taudis, fût-ce dans la plus infime auberge de l'endroit.

— C'est entendu.

— Là, tu auras à surveiller les agissements d'un homme qu'il est très important de ne plus perdre de vue. Mais il faut que personne ne puisse soupçonner que nous nous connaissons! Au beosin, tu prendras un déguisement.

— Ça, c'est mon affaire!

— Cet homme, m'a-t-on dit, reprit le docteur, cherche à embaucher les plus détestables coquins du Manderaggio à prix d'argent. Pour le compte de qui, pour quelle besogne, c'est ce qu'on ignore, et c'est ce qu'il faut que tu apprennes le plus tôt possible.

— Je l'apprendrai.

— Lorsque tu sauras à quoi t'en tenir, ne reviens pas à bord, tu pourrais être suivi. Contente-toi de mettre un mot à la poste de La Vallette, et donne-moi rendez-vous, le soir, à l'autre extrémité du faubourg de la Senglea. Tu me trouveras à ce rendez-vous.

— C'est convenu, répondit Pointe Pescade. Mais comment reconnaîtrai-je cet homme?

— Oh! cela ne sera pas difficile! Tu es intelligent, mon ami, et je compte sur ton intelligence.

— Puis-je savoir au moins le nom de ce gentleman?

— Il s'appelle Carpena! »

« En entendant ce nom, Pierre s'écria :

— Quoi!... Cet Espagnol est ici?

— Oui, répondit le docteur Antékirtt, et il loge dans le quartier même où nous avons retrouvé les enfants d'Andréa Ferrato qu'il a envoyé au bagne et à la mort! »

Le docteur raconta tout ce que Maria venait de lui apprendre. Pointe Pescade comprit alors combien il était urgent de voir clair dans le jeu de l'Espagnol, qui travaillait certainement à quelque œuvre ténébreuse dans ces repaires de La Vallette.

Une heure après, Pointe Pescade, quittait le bord. Pour mieux déjouer tout espionnage, au cas où il aurait été suivi, il commença par flâner dans cette longue Strada Reale, qui va du Fort Saint-Elme jusqu'à la Floriana. Puis, le soir venu, il se dirigea vers le Manderaggio.

En vérité, pour racoler une bande de coquins, aussi naturellement disposés au meurtre qu'au pillage, on n'eût pu trouver mieux que ce capharnaüm de la ville souterraine. Il y avait là des gens de tous pays, sans doute, de ces misérables du Ponant et du Levant, fuyards des navires de commerce ou déserteurs des navires de guerre, mais surtout des Maltais de la plus infime classe, redoutables coupe-jarrets. ayant encore dans les veines de ce

sang de pirates, qui rendit leurs ancêtres si terribles
à l'époque des razzias barbaresques.

Carpena, chargé de trouver une douzaine de gens
déterminés, — déterminés à tout, — ne pouvait
donc avoir là que l'embarras du choix. Aussi,
depuis son arrivée, ne quittait-il guère les cabarets
des plus basses rues du Manderaggio, où la pratique venait le trouver. Si bien que Pointe Pescade
n'eut aucune peine à le reconnaître; mais le difficile était d'apprendre pour le compte de qui l'Espagnol opérait, l'argent à la main.

Évidemment, cet argent ne pouvait être le sien.
Il y avait longtemps que la prime de cinq mille
florins, touchée après l'affaire de Rovigno, était
mangée. Carpena, chassé de l'Istrie par la répro-
bation publique, repoussé de toutes les salines du
littoral, s'était mis à courir le monde. Son argent
rapidement dissipé, de misérable qu'il était avant,
il était redevenu encore plus misérable après.

Ce qui n'étonnera personne, c'est qu'il était alors
au service d'une redoutable association de malfaiteurs pour laquelle il recrutait un certain nombre
d'affidés, afin de remplacer quelques absents dont
la corde avait récemment fait justice. C'est dans ce
but qu'il se trouvait à Malte, et plus spécialement
au quartier du Manderaggio. En quel lieu devait-il

conduire sa bande, Carpena, très défiant vis-à-vis
des compagnons qu'il embauchait, se gardait bien
de le dire. Ceux-ci n'y tenaient pas, d'ailleurs.
Pourvu qu'on les payât comptant, pourvu qu'on leur
fît entrevoir un avenir de vols et de pillages, ils
seraient allés au bout du monde — de confiance.

Il faut noter ici que Carpena n'avait pas été mé-
diocrement surpris en rencontrant Maria dans les
rues du Manderaggio. Après une absence de quinze
ans, il l'avait parfaitement reconnue, comme il
avait été reconnu lui-même. Très contrarié d'ailleurs qu'elle fût au courant de ce qu'il était venu
faire à La Vallette.

Pointe Pescade devait donc agir par ruse, s'il
voulait apprendre ce que le docteur avait tant
d'intérêt à connaître, et ce que l'Espagnol gardait
si secrètement. Cependant Carpena fut bientôt
circonvenu par lui. Et comment n'eût-il pas remarqué ce jeune bandit si précoce, qui s'attachait
à sa personne, s'insinuait dans son intimité, qui
le prenait de haut avec cette racaille du Manderaggio, qui se vantait d'avoir déjà à son actif un dos-
sier dont la moindre page lui eût valu la corde à
Malte, la guillotine en Italie, la garotte en Espagne,
qui marquait le plus profond mépris pour tous ces
poltrons du quartier que la vue d'un policeman

mettait mal à leur aise, — un joli type, enfin ! Carpena, très connaisseur en ce genre, ne pouvait que l'apprécier !

De ce jeu si adroitement joué, il résulta, sans doute, que Pointe Pescade était arrivé à ses fins, car, le 26 août, dans la matinée, le docteur Antékirtt reçut un petit mot qui lui donnait rendez-vous pour le soir à l'extrémité de la Senglea.

Pendant ces dernières journées, le travail avait été poussé très activement à bord du *Ferrato*. Dans trois jours, au plus, ses réparations terminées, son plein de charbon fait, il pourrait reprendre la mer.

Le soir même, le docteur se rendit à l'endroit indiqué par Pointe Pescade. C'était une sorte de petite place à arcades, près du chemin de ronde, à l'extrémité du faubourg.

Il était huit heures. Il y avait une cinquantaine de personnes sur cette place, où se tient un marché qui n'était pas encore fermé.

Le docteur Antékirtt se promenait au milieu de ces gens, hommes et femmes, presque tous d'origine maltaise, lorsqu'il sentit une main s'appuyer sur son bras.

Un affreux chenapan, sordidement vêtu, coiffé d'un vieux chapeau défoncé, lui présentait un mouchoir, disant :

« Voici ce que je viens de voler à Votre Excellence ! Une autre fois, qu'elle fasse mieux attention à ses poches ! »

C'était Pointe Pescade, absolument méconnaissable sous son accoutrement d'emprunt.

« Mauvais drôle ! dit le docteur.

— Drôle, oui !... Mauvais, non, monsieur le docteur ! »

Celui-ci venait de reconnaître Pointe Pescade et ne put s'empêcher de sourire. Puis, sans autre transition :

« Et Carpena ? demanda-t-il.

— Il travaille, en effet, à racoler une douzaine des plus fieffés coquins du Manderaggio.

— Pour qui ?...

— Pour le compte d'un certain Zirone ! »

Le Sicilien Zirone, le compagnon de Sarcany ? Quel rapport pouvait-il y avoir entre ces misérables et Carpena ?

Voici, en y réfléchissant, à quelle explication s'arrêta le docteur, et il ne se trompait pas.

La trahison de l'Espagnol, après avoir amené l'arrestation des fugitifs de Pisino, n'avait pu être ignorée de Sarcany. Celui-ci l'ayant fait chercher, sans doute, et retrouvé dans le plus complet dénuement, il n'avait pas dû hésiter à en faire un

21.

de ces agents que Zirone employait au service de
l'association. Carpena allait donc être le premier
jalon d'une piste sur laquelle le docteur ne se lan-
cerait plus en aveugle.

« Sais-tu dans quel but se fait cet embauchage?
demanda-t-il à Pointe Pescade.

— Pour une bande qui opère en Sicile!

— En Sicile? Oui!... c'est bien cela!... Et plus
spécialement?...

— Dans les provinces de l'est, entre Syracuse et
Catane! »

Décidément, la piste était retrouvée.

« Comment as-tu obtenu ces renseignements?...

— De Carpena lui-même, qui m'a pris en amitié,
et que je recommande à Votre Excellence! »

Un signe de tête fut toute la réponse du docteur.

« Tu peux revenir maintenant à bord, dit-il, et
reprendre un vêtement plus convenable.

— Non pas, car c'est celui qui me convient!

— Et pourquoi?

— Parce que j'ai l'honneur d'être bandit dans la
troupe du susdit Zirone!

— Mon ami, répondit le docteur, prends garde!
A ce jeu-là, tu risques ta vie...

— A votre service, monsieur le docteur, dit
Pointe Pescade, et je vous dois bien cela!

— Brave garçon !

— D'ailleurs, je suis quelque peu malin, sans me vanter, et ces gueux-là, je veux les fourrer dans mon sac à malice ! »

Le docteur comprit que, dans ces conditions, le concours de Pointe Pescade pouvait être très utile à ses projets. C'était en jouant ce rôle que l'intelligent garçon avait conquis la confiance de Carpena, à ce point même qu'il connaissait ses secrets : il fallait le laisser faire.

Après cinq minutes de conversation, le docteur et Pointe Pescade, ne voulant point être surpris l'un avec l'autre, se séparèrent. Pointe Pescade suivit ses quais de la Senglea, prit une embarcation à son extrémité sur le grand port et revint au Manderaggio.

Avant qu'il y fût arrivé, le docteur Antékirtt était déjà de retour à bord du steam-yacht. Là, il mit Pierre Bathory au courant de tout ce qu'il venait d'apprendre. En même temps, il ne crut pas devoir cacher à Cap Matifou que Pointe Pescade s'était lancé dans une assez périlleuse entreprise pour le bien commun.

L'Hercule hocha la tête, ouvrit et referma par trois fois ses vastes mains. Puis, l'on eût pu l'entendre se répéter à lui-même :

« Qu'il ne lui manque pas un cheveu au retour, non! pas un cheveu, ou bien... »

Ces derniers mots en disaient plus que tout ce qu'aurait pu dire Cap Matifou, s'il avait eu le talent de faire de longues phrases.

VI

AUX ENVIRONS DE CATANE.

Si l'homme eût été chargé de fabriquer le globe terrestre, il l'aurait sans doute monté sur un tour, il l'aurait fait mécaniquement, comme une bille de billard, sans lui laisser ni une aspérité ni une ride. Mais l'œuvre a été celle du Créateur. Aussi, sur la côte de Sicile, entre Aci-Reale et Catane, les caps, les récifs, les grottes, les roches, les montagnes ne manquent-ils pas à cet incomparable littoral.

C'est en cette partie de la mer Tyrrhénienne que commence le détroit de Messine, dont la rive opposée est encadrée par les chaînes de la Calabre. Tels ce détroit, cette côte, ces monts que domine l'Etna, étaient au temps d'Homère, tels ils sont encore aujourd'hui, — superbes ! Si la forêt dans

laquelle Enée recueillit Acheménide a disparu, la
grotte de Galathée, la grotte de Polyphème, les
îlots des Cyclopes, et un peu plus au nord, les
rochers de Charybde et de Scylla, sont toujours à
leur place historique, et l'on peut mettre le pied
à l'endroit même où débarqua le héros troyen,
lorsqu'il vint fonder son nouveau royaume.

Que le géant Polyphème ait à son actif des
prouesses que l'Hercule Cap Matifou ne peut avoir
au sien, il y a lieu de le reconnaître. Mais Cap Matifou a l'avantage d'être vivant, tandis que Polyphème est mort depuis trois mille ans, — si même
il a jamais existé, quoiqu'en ait dit Ulysse. Elisée
Reclus fait remarquer, en effet, que, très probablement, ce cyclope célèbre fut tout simplement
l'Etna, « dont le cratère brille pendant les éruptions
comme un œil immense ouvert au sommet de la
montagne et qui fait tomber du haut de la falaise
des pans de roches qui deviennent des îlots et des
écueils comme les Faraglioni. »

Ces Faraglioni, situés à quelques centaines de
mètres du rivage et de la route de Catane, maintenant doublée du chemin de fer de Syracuse à
Messine, ce sont les anciens îlots des Cyclopes. La
grotte de Polyphème n'est pas loin, et le long de
toute cette côte se propage l'assourdissant vacarme

que produit la mer sous ces antres basaltiques.

Précisément au milieu de ces roches, dans la soirée du 29 août, deux hommes, peu sensibles au charme des souvenirs historiques, causaient de certaines choses que les gendarmes siciliens n'eussent pas été fâchés d'entendre.

L'un de ces hommes, qui guettait l'arrivée de l'autre depuis quelques instants, c'était Zirone. L'autre, qui venait d'apparaître sur la route de Catane, c'était Carpena.

« Enfin, te voilà! s'écria Zirone. Tu as bien tardé! J'ai cru vraiment que Malte avait disparu comme l'île Julia, son ancienne voisine, et que tu étais allé servir de pâture aux thonines et aux bonicous des fins fonds de la Méditerranée! »

On le voit, si quinze ans avaient passé sur la tête du compagnon de Sarcany, sa loquacité s'était maintenue, en dépit des années, aussi bien que son effronterie naturelle. Avec un chapeau sur l'oreille, une cape brunâtre sur les épaules, des jambières lacées jusqu'au genou, il avait bien l'air de ce qu'il était, de ce qu'il n'avait cessé d'être, — un bandit.

« Je n'ai pu revenir plus tôt, répondit Carpena, et c'est ce matin même que le paquebot m'a débarqué à Catane.

— Toi et tes hommes?

— Oui.

— Combien en as-tu?

-- Une douzaine.

— Seulement?...

— Oui, mais des bons !

— Des gens du Manderaggio ?

— Un peu de tout, et principalement des Maltais.

— Bonnes recrues. peut-être insuffisantes, répondit Zirone, car, depuis quelques mois, la besogne devient dure et coûteuse! C'est à croire que les gendarmes pullulent maintenant en Sicile, et l'on en trouvera bientôt autant que de semelles du Pape dans les halliers! Enfin, si ta marchandise est de bonne qualité...

— Je le crois, Zirone, répondit Carpena, et tu en jugeras à l'essai. En outre, j'amène avec moi un joli garçon, un ancien acrobate de foires, agile et fûté, dont on pourrait faire une fille, au besoin, et qui, je pense, nous rendra de grands services.

— Que faisait-il à Malte ?

— Des montres, quand l'occasion s'en présentait, des mouchoirs, quand il ne pouvait attraper des montres!

— Et il se nomme ?...

— Pescador.

-- Bien ! répondit Zirone. On verra à utiliser ses

talents et son intelligence. Où as-tu fourré tout ce monde-là?

— A l'auberge de Santa Grotta, au-dessus de Nicolosi.

— Et tu vas y reprendre tes fonctions d'aubergiste?

— Dès demain...

— Non; dès ce soir, répondit Zirone, lorsque j'aurai reçu de nouvelles instructions. J'attends, ici, au passage du train de Messine, un mot qui doit m'être jeté par la portière du wagon de queue.

— Un mot de... lui?

— Oui... de lui!... Avec son mariage qui rate toujours, répondit Zirone en riant, il m'oblige à travailler pour vivre! Bah! que ne ferait-on pas pour un si brave compagnon? »

En ce moment, un roulement lointain, mais qu'on ne pouvait confondre avec le murmure du ressac, se fit entendre du côté de Catane. C'était le train que Zirone attendait. Carpena et lui remontèrent alors les roches; puis, en quelques instants, ils furent debout le long de la voie, dont aucune palissade ne défendait les abords.

Deux coups de sifflet, lancés à l'entrée d'un petit tunnel, annoncèrent l'approche du train, qui ne marchait qu'à une vitesse très modérée; bientôt, les hennissements de la locomotive s'accentuèrent, les fanaux troublèrent l'ombre de leurs deux éclats blancs, et les rails s'éclairèrent en avant d'une longue projection de lumière.

Zirone, très attentif, suivait du regard le train qui se déroulait à trois pas de lui.

Un peu avant que la dernière voiture fût à sa hauteur, la vitre s'abaissa, une femme passa la tête à travers la portière. Dès qu'elle eut aperçu le Sicilien à son poste, elle lança prestement une orange, qui roula sur la voie à une dizaine de pas de Zirone.

Cette femme, c'était Namir, l'espionne de Sarcany. Quelques secondes après, elle avait disparu avec le train dans la direction d'Aci-Reale.

Zirone alla ramasser l'orange, ou plutôt les deux moitiés d'une écorce d'orange que reliait une ficelle. L'Espagnol et lui revinrent alors s'abriter derrière une haute roche. Là, Zirone alluma une petite lanterne, fendit l'écorce de l'orange et en tira un billet où se trouvait cet avis :

« Il espère vous rejoindre à Nicolosi dans cinq ou six jours. Surtout, défiez-vous d'un certain docteur Antékirtt! »

Évidemment, Sarcany avait appris à Raguse que ce mystérieux personnage, dont s'était tant préoccupée la curiosité publique, avait été reçu deux fois dans la maison de Mme Bathory. De là, une certaine inquiétude chez cet homme, habitué à se défier de tous et de tout. De là, aussi, cet avis qu'il faisait passer, sans même employer la poste et par l'entremise de Namir, à son compagnon Zirone.

Celui-ci remit le billet dans sa poche, éteignit sa lanterne; puis, s'adressant à Carpena :

« Est-ce que tu as jamais entendu parler d'un docteur Antékirtt? lui demanda-t-il.

— Non, répondit l'Espagnol, mais peut-être le petit Pescador le connaît-il, lui! Il sait tout, ce gentil garçon !

— Nous verrons cela, reprit Zirone. — Dis donc, Carpena, nous n'avons pas peur de voyager la nuit, n'est-ce pas?

— Moins peur que de voyager le jour, Zirone !

— Oui... le jour il y a des gendarmes qui sont trop indiscrets! Alors, en route! Avant trois heures, il faut que nous soyons à l'auberge de Santa-Grotta! »

Et tous deux, après avoir traversé la voie ferrée, se jetèrent dans les sentiers, bien connus de Zirone, qui allaient se perdre, à travers les contreforts de l'Etna, sur ces terrains de formation secondaire.

Il y a quelque dix-huit ans, il existait en Sicile, principalement à Palerme, sa capitale, une redou-

table association de malfaiteurs. Liés entre eux par
une sorte de rite franc-maçonnique, ils comptaient
plusieurs milliers d'adhérents. Le vol et la fraude,
par tous les moyens possibles, tel était l'objectif
de cette Société de la Maffia, à laquelle nombre
de commerçants et d'industriels payaient une sorte
de dîme annuelle pour qu'il leur fût permis
d'exercer, sans trop d'ennuis, leur industrie ou leur
commerce.

A cette époque, Sarcany et Zirone, — c'était
avant l'affaire de la conspiration de Trieste, —
figuraient parmi les principaux affiliés de la Maffia,
et non des moins zélés.

Cependant, avec le progrès de toutes choses,
avec une meilleure administration des villes, sinon
des campagnes, cette association commença à être
gênée dans ses affaires. Les dîmes et redevances
s'amoindrirent. Aussi la plupart des associés se séparèrent et allèrent demander au brigandage un
plus lucratif moyen d'existence.

A cette époque, le régime politique de l'Italie
venait de changer par suite de son unification. La
Sicile, comme les autres provinces, dut subir le
sort commun, se soumettre aux lois nouvelles, et,
tout spécialement, au joug de la conscription. De
là, des rebelles, qui ne voulurent point se conformer

aux lois, et des réfractaires, qui refusèrent de servir, — autant de gens sans scrupules, « maffissi » ou autres, dont les bandes commencèrent à exploiter les campagnes.

Zirone était précisément à la tête d'une de ces bandes, et, lorsque la partie des biens du comte Mathias Sandorf, échue à Sarcany pour prix de sa délation, eut été dévorée, tous deux vinrent reprendre leur ancienne existence, en attendant qu'une plus sérieuse occasion de refaire fortune leur fût offerte.

Cette occasion s'était présentée : le mariage de Sarcany avec la fille de Silas Toronthal. On sait comment il avait échoué jusqu'alors, et dans quelles circonstances.

Un pays singulièrement favorable aux exploits du brigandage, même à l'époque actuelle, que cette Sicile! L'antique Trinacria, dans sa périphérie de sept cent vingt kilomètres, entre les pointes de ce triangle qui projette, au nord-est, le cap Faro, à l'ouest le cap de Marsala, au sud-est le cap Pessaro, renferme des chaînes de montagnes, les Pélores et les Nébrodes, un groupe volcanique indépendant, l'Etna, des cours d'eau, Giarella, Cantara, Platani, des torrents, des vallées, des plaines, des villes qui communiquent difficilement entre elles, des bourgs dont les abords sont peu aisés, des villages perdus sur des rocs presque inaccessibles, des couvents isolés dans les gorges ou sur les contreforts, enfin une quantité de refuges, dans lesquels la retraite est possible, et une infinité de criques où la mer offre mille occasions de fuir. C'est, en petit, le résumé du globe, ce morceau de terre sicilienne, où se rencontre tout ce qui constitue le domaine terrestre, monts, volcans, vallées, prairies, fleuves, rivières, lacs, torrents, villes, villages, hameaux, ports, criques, promontoires, caps, écueils, brisants, — le tout à la disposition d'une population de près de deux millions d'habitants, répartie sur une surface de vingt-six mille kilomètres carrés.

Quel théâtre pourrait être mieux disposé pour les opérations du banditisme? Aussi, bien qu'il tende à diminuer, bien que le brigand sicilien comme le brigand calabrais semblent avoir fait leur temps, qu'ils soient proscrits, — au moins de la littérature moderne, — enfin, bien que l'on commence à trouver le travail plus rémunérateur que le vol, il est bon que les voyageurs ne s'aventurent pas sans précautions dans ce pays, cher à Cacus et béni de Mercure.

Cependant, en ces dernières années, la gendarmerie sicilienne, toujours en éveil, toujours sur

pied, avait fait quelques expéditions très heureuses
à travers les provinces de l'est. Plusieurs bandes,
tombées dans des embuscades, avaient été en
partie détruites. Entre autres, celle de Zirone qui
ne comptait plus qu'une trentaine d'hommes. De
là cette résolution d'infuser un peu de sang
étranger à sa troupe, et plus particulièrement du
sang maltais. Il savait que dans les taudis du Manderaggio qu'il avait fréquentés autrefois, bandits
inoccupés se trouvaient par centaines. Voilà pourquoi Carpena était allé à La Vallette, et s'il n'y avait
recruté qu'une douzaine d'hommes, du moins,
étaient-ce des hommes de choix.

Qu'on ne s'étonne pas de voir l'Espagnol se montrer si dévoué à Zirone! Le métier lui convenait;
mais, comme il était lâche par nature, il ne se mettait que le moins possible en avant dans les expéditions où les coups de fusil sont à craindre. Aussi
se contentait-il de préparer les affaires, de combiner
les plans, et d'exercer les fonctions de cabaretier
dans cette locande de Santa-Grotta, affreux coupe-
gorge, perdu sur les premières rampes du volcan.

Il va sans dire que si Sarcany et Zirone connaissaient de la vie de Carpena tout ce qui se rapportait à l'affaire d'Andréa Ferrato, Carpena ne
savait rien de l'affaire de Trieste. Il croyait tout

simplement être entré en relations avec d'honnêtes brigands, exerçant depuis bien des années « leur commerce » dans les montagnes de la Sicile.

Zirone et Carpena, pendant ce trajet de huit milles italiens, depuis les roches de Polyphème jusqu'à Nicolosi, ne firent aucune mauvaise rencontre, en ce sens que pas un seul gendarme ne se montra sur leur route. Ils suivaient des sentiers assez ardus, entre des champs de vignes, d'oliviers, d'orangers, de cédratiers, au milieu des bouquets de frênes, de chênes-liège et de figuiers d'Inde. Parfois, ils remontaient quelques-uns de ces lits de torrents desséchés, qui, vus du large, semblent des chemins macadamisés, dont le rouleau compresseur n'aurait pas encore écrasé les cailloux. Le Sicilien et l'Espagnol passèrent par les villages de San Giovanni et de Tramestiéri, à une altitude déjà grande au-dessus du niveau méditerranéen. Vers dix heures et demie, ils eurent atteint Nicolosi. C'est un bourg situé dans la partie centrale d'un assez vaste cirque, que flanquent au nord et à l'ouest les cônes éruptifs de Monpilieri, des Monte-Rossi et de la Serra Pizzuta.

Ce bourg possède six églises, un couvent sous l'invocation de San Nicolo d'Arena, et deux auberges, — ce qui indique surtout son importance.

Mais, de ces deux auberges, Zirone et Carpena n'avaient que faire. La locande de Santa-Grotta les attendait à une heure de là, dans une des gorges les plus sombres du massif etnéen. Ils y arrivèrent avant que minuit eût sonné aux clochers de Nicolosi.

On ne dormait point à Santa-Grotta. On soupait avec accompagnement de cris et blasphèmes. Là étaient réunis les nouveaux engagés de Carpena, auxquels un vieux de la bande, nommé Benito, — par antinomie, sans doute, — faisait les honneurs de l'endroit. Quant au reste de la bande, une quarantaine de montagnards et de réfractaires, ils étaient alors à quelque vingt milles dans l'ouest, exploitant le revers opposé de l'Etna, et devaient bientôt rejoindre. Il n'y avait donc à Santa-Grotta que la douzaine de Maltais, recrutés par l'Espagnol. Entre tous, Pescador, — autrement dit Pointe Pescade — faisait bravement sa partie dans ce concert d'imprécations et de vantardises. Mais il écoutait, il observait, il notait, de manière à ne rien oublier de tout ce qui pouvait lui être utile. Et c'est même ainsi qu'il retint un propos que Benito lança à ses hôtes pour modérer leur tapage, un peu avant l'arrivée de Carpena et de Zirone.

« Taisez-vous donc, Maltais du diable, taisez-vous donc! On vous entendrait de Cassone, où le commissaire central, l'aimable questeur de la province, a envoyé un détachement de carabiniers! »

Menace plaisante, Cassone étant assez éloignée de Santa-Grotta. Mais les nouveaux supposèrent que leurs vociférations pouvaient arriver à l'oreille des carabiniers, qui sont les gendarmes du pays. Ils modifièrent donc leurs vociférations, tout en buvant davantage de larges fiasques de ce petit vin de l'Etna que Benito versait lui-même pour leur souhaiter la bienvenue. En somme, ils étaient tous plus ou moins ivres, lorsque s'ouvrit la porte de la locande.

« Les jolis garçons! s'écria Zirone en entrant, Carpena a eu la main heureuse, et je vois que Benito a bien fait les choses!

— Ces braves gens mouraient de soif! répondit Benito.

— Et comme c'est la plus vilaine des morts, reprit Zirone en riant, tu as voulu la leur épargner! Bien! Qu'ils dorment maintenant! Demain, nous ferons connaissance!

— Pourquoi attendre à demain? dit une des nouvelles recrues.

— Parce que vous êtes trop ivres pour comprendre et obéir! répondit Zirone.

— Ivres !... Ivres !... Pour avoir vidé quelques bouteilles de votre petit vin du crû, quand on est habitué au gin et au whisky des cabarets du Manderaggio !

— Eh ! quel est celui-là ? demanda Zirone.

— C'est le petit Pescador ! répondit Carpena.

— Eh ! quel est celui-là ? demanda Pescador à son tour, en montrant le Sicilien.

— C'est Zirone ! » répondit l'Espagnol.

Zirone regarda avec attention le jeune bandit, dont Carpena lui avait fait l'éloge, et qui se présentait avec une telle désinvolture. Sans doute, il lui trouva la figure intelligente et hardie, car il fit un signe approbatif. Puis, s'adressant à Pescador :

« Alors tu as bu comme les autres ?

— Plus que les autres !

— Et tu as conservé ta raison ?

— Bah ! elle ne se noie pas pour si peu !

— Dis donc, petit, reprit Zirone, Carpena m'a dit que tu pourrais peut-être me donner un renseignement dont j'ai besoin !

— Gratis ?...

— Attrape ! »

Et Zirone lança une demi-piastre, que Pescador fit instantanément disparaître dans la poche de sa

veste, comme un jongleur de profession eût fait
d'une muscade.

« Il est gentil! dit Zirone.

— Très gentil! répondit Pescador. — Et de quoi
s'agit-il?

— Tu connais bien Malte?

— Malte, et l'Italie, et l'Istrie, et la Dalmatie,
et l'Adriatique! répondit Pescador.

— Tu as voyagé?...

— Beaucoup, mais toujours à mes frais!

— Je t'engage à ne jamais voyager autrement,
parce que, quand c'est le gouvernement qui
paye...

— C'est trop cher! répondit Pescador.

— Comme tu dis! répliqua Zirone, enchanté de ce
nouveau compagnon, avec lequel on pouvait au
moins causer.

— Et puis?... reprit l'intelligent garçon.

— Et puis, voilà! Pescador, dans tes nombreux
voyages, aurais-tu quelquefois entendu parler d'un
certain docteur Antékirtt? »

Malgré toute sa finesse, Pointe Pescade ne pouvait
s'attendre « à celle-là! ». Toutefois, il fut assez
maître de lui pour ne rien laisser voir de sa surprise.

Comment Zirone, qui n'était point à Raguse penlant la relâche de la *Savarèna*, et pas davantage à Malte pendant la relâche du *Ferrato*, avait-il pu entendre parler du docteur et connaissait-il même son nom?

Mais, avec son esprit décisif, il comprit immédiatement que sa réponse pourrait le servir et il n'hésita pas.

« Le docteur Antékirtt? répliqua-t-il. Eh! parfaitement!... Il n'est question que de lui dans toute la Méditerranée!

— L'as-tu vu?

— Jamais.

— Mais sais-tu ce qu'il est, ce docteur?

— Un pauvre diable, cent fois millionnaire, dit-on, qui ne se promène jamais sans un million dans chaque poche de son veston de voyage, et il en a au moins six! Un malheureux, qui en est réduit à faire de la médecine en amateur, tantôt sur sa goëlette, tantôt sur son steam-yacht, et qui vous a des spécifiques pour les vingt-deux mille maladies dont la nature a gratifié l'espèce humaine! »

Le saltimbanque d'autrefois venait de reparaître à propos dans Pointe Pescade, et son boniment émerveillait Zirone non moins que Carpena, lequel semblait dire:

« Hein! quelle recrue! »

23

Pescador s'était tu, après avoir allumé une cigarette, dont la capricieuse fumée semblait lui sortir
à la fois par le nez, par les yeux, même par les
oreilles.

« Tu dis donc que ce docteur est riche? demanda
Zirone.

— Riche à pouvoir acheter la Sicile pour s'en
faire un jardin anglais! » répondit Pescador.

Puis, pensant que le moment était venu d'inspirer
à Zirone l'idée de ce projet, dont il poursuivait
l'exécution :

« Et tenez, dit-il, capitaine Zirone, si je n'ai pas
vu ce docteur Antékirtt, j'ai du moins vu un de ses
yachts, car on raconte qu'il a toute une flottille
pour ses promenades en mer!

— Un de ses yachts?

— Oui, son *Ferrato!* Un bâtiment superbe, qui
ferait joliment mon affaire pour faire des excursions
dans la baie de Naples avec une ou deux princesses
de choix!

— Où as-tu vu ce yacht?

— A Malte, répondit Pescador.

— Et quand cela?

— Avant-hier, à La Vallette! Au moment où
nous embarquions avec notre sergent Carpena, il
était encore mouillé dans le port militaire! Mais on

disait qu'il allait partir vingt-quatre heures après
nous !

— Pour?...

— Eh ! précisément pour la Sicile, à destination
de Catane !

— De Catane? » répondit Zirone.

Cette coïncidence entre le départ du docteur
Antékirtt et l'avis qu'il avait reçu de se défier de
lui, ne pouvait qu'éveiller les soupçons du compagnon de Sarcany.

Pointe Pescade comprit que certaine secrète
pensée s'agitait dans le cerveau de Zirone, mais
laquelle? Ne pouvant le deviner, il résolut de le
pousser plus directement.

Aussi, lorsque Zirone eut dit :

« Que peut-il bien venir faire en Sicile, ce docteur du diable, et précisément à Catane?

— Eh! par sainte Agathe, il vient visiter la ville!
Il vient faire l'ascension de l'Etna ! Il vient voyager
en riche voyageur qu'il est !

— Pescador, dit Zirone, qu'une certaine mé-
fiance reprenait de temps à autre, tu as l'air d'en
savoir long sur le compte de ce personnage !

— Pas plus long que je n'en ferais, si l'occasion
s'en présente! répondit Pointe Pescade.

— Que veux-tu dire?

— Que si le docteur Antékirtt, comme cela est supposable, vient se promener sur nos terres, eh bien, il faudra que son Excellence nous paye un joli droit de passage !

— Vraiment ? répondit Zirone.

— Et si cela ne lui coûte qu'un million ou deux, c'est qu'il s'en sera tiré à bon marché ?

— Tu trouves !

— Et dans ce cas Zirone et ses amis n'auront été que de parfaits imbéciles !

— Bien ! dit Zirone en riant. Sur ce compliment à notre adresse, tu peux aller dormir !

— Ça me va, capitaine, répondit Pescador, mais je sais bien de quoi je vais rêver !

— Et de quoi ?

— Des millions du docteur Antékirtt... des rêves d'or, quoi ! »

Là-dessus, Pescador, après avoir lancé la dernière bouffée de sa cigarette, alla rejoindre ses compagnons dans la grange de l'auberge, tandis que Carpena regagnait sa chambre.

Et alors, le brave garçon, au lieu de dormir, se mit à classer dans son esprit tout ce qu'il venait de faire et de dire.

Du moment que Zirone lui avait parlé, à son grand étonnement, du docteur Antékirtt, avait-il agi au mieux des intérêts qui lui étaient confiés? Qu'on en juge.

En venant en Sicile, le docteur espérait y rejoindre Sarcany, et, au cas où ils y seraient ensemble, Silas Toronthal, — ce qui était possible, puisque tous deux avaient quitté Raguse. A défaut de Sarcany, il comptait se rabattre sur son compagnon, s'emparer de Zirone, puis, par récompense ou menace, l'amener à dire où se trouvaient Sarcany et Silas Toronthal. Tel était son plan : voici comment il comptait l'exécuter.

Pendant sa jeunesse, le docteur avait plusieurs fois visité la Sicile et plus particulièrement la province de l'Etna. Il connaissait les diverses routes que prennent les ascensionnistes, dont la plus suivie vient passer au pied d'une maison, bâtie à la naissance du cône central, et que l'on appelle la case des Anglais, « Casa Inglese¹ ».

Or, en ce moment, la bande de Zirone, pour laquelle Carpena venait de chercher du renfort à Malte, battait la campagne sur les pentes de l'Etna. Il était donc certain que l'arrivée d'un personnage aussi fameux que le docteur Antékirtt produirait

---

1. C'est à quelques gentlemen, amis du confort, que l'on doit ce lieu de halte, qui est situé à trois mille mètres au-dessus du niveau de la mer.

à Catane son effet habituel. Or, comme le docteur laisserait annoncer ostensiblement son intention de faire l'ascension de l'Etna, il était non moins certain que Zirone l'apprendrait, — surtout avec le concours de Pointe Pescade. On a vu que l'entrée en matière avait même été très facile, puisque c'était Zirone qui avait interrogé Pescador sur le compte dudit docteur.

Maintenant, voici le piège qui allait être tendu à Zirone, et dans lequel il y avait bien des chances que celui-ci fût pris.

La veille du jour où le docteur devrait faire l'ascension du volcan, douze hommes du *Ferrato*, bien armés, se rendraient secrètement à la Casa Inglese. Le lendemain, accompagné de Luigi, de Pierre et d'un guide, le docteur quitterait Catane et suivrait la route habituelle, de manière à pouvoir atteindre la Casa Inglese vers huit heures du soir, afin d'y passer la nuit. C'est ce que font les touristes qui veulent voir se lever le soleil du haut de l'Etna sur les montagnes de la Calabre.

Nul doute que Zirone, poussé par Pointe Pescade, ne cherchât à s'emparer du docteur Antékirtt, croyant n'avoir affaire qu'à lui et à ses deux compagnons. Or, lorsqu'il arriverait à la Casa Inglese, il serait reçu par les marins du *Ferrato*, et aucune résistance ne serait possible.

Pointe Pescade, connaissant ce plan, avait donc
heureusement profité des circonstances pour jeter
dans l'esprit de Zirone cette idée de s'emparer du
docteur Antékirtt, riche proie qu'il pourrait ran-
çonner sans scrupule, et, tout en tenant compte de
l'avis qu'il avait reçu. D'ailleurs, puisqu'il devait se
défier de ce personnage, le mieux n'était-il pas de
s'assurer de lui, dût-il même perdre le prix de sa
rançon? C'est à quoi Zirone se décida, en attendant
de nouvelles instructions de Sarcany. Mais, pour
être plus certain de réussir, à défaut de sa bande
qu'il n'avait pas tout entière sous la main, il
comptait bien faire cette expédition avec les Maltais
de Carpena, — ce qui, en somme, ne pouvait
inquiéter Pointe Pescade, puisque cette douzaine
de malfaiteurs n'aurait pas beau jeu contre les
hommes du *Ferrato*.

Mais Zirone ne donnait jamais rien au hasard.
Puisque, d'après le dire de Pescador, le steam-yacht
devait arriver le lendemain, il quitta de grand
matin la locande de Santa-Grotta et descendit à
Catane. N'étant pas connu, il pouvait y venir sans
danger.

Il y avait déjà quelques heures que le steam-yacht
était arrivé au mouillage. Il avait pris place, — non
près des quais, toujours encombrés de navires,

mais au fond d'une sorte d'avant-port, entre la
jetée du nord et un énorme massif de laves noi-
râtres, que l'éruption de 1669 a poussé jusqu'à la
mer.

Déjà, au lever du jour, Cap Matifou et onze
hommes de l'équipage, sous le commandement de
Luigi, avaient été débarqués à Catane; puis, sépa-
rément, ils s'étaient mis en route pour la Casa
Inglese.

Zirone ne sut donc rien de ce débarquement,
et, comme le *Ferrato* était mouillé à une encablure
de terre, il ne put même observer ce qui se passait
à bord.

Vers six heures du soir, une baleinière vint dé-
poser sur le quai deux passagers du steam-yacht.
C'étaient le docteur et Pierre Bathory. Ils se diri-
gèrent, par la Via Stesicoro et la Strada Etnea, vers
la villa Bellini, admirable jardin public, l'un des
plus beaux de l'Europe peut-être, avec ses massifs
de fleurs, ses rampes capricieuses, ses terrasses
ombragées de grands arbres, ses eaux courantes,
et ce superbe volcan, empanaché de vapeurs, qui
se dresse à son horizon.

Zirone avait suivi les deux passagers, ne doutant
pas que l'un d'eux ne fût précisément le docteur
Antékirtt. Il manœuvra même de manière à les

approcher d'assez près, au milieu de cette foule que
la musique avait attirée à la villa Bellini. Mais il ne
put le faire, sans que le docteur et Pierre ne
s'aperçussent des manœuvres de ce drôle à figure
suspecte. Si c'était le Zirone en question, l'occasion
était belle pour l'engager plus avant dans le piège
où l'on voulait l'attirer.

Aussi, vers onze heures du soir, au moment où
tous deux allaient quitter le jardin pour retourner
à bord, le docteur, répondant à Pierre à voix haute :

« Oui, c'est entendu ! Nous partirons demain et
nous irons coucher à la Casa Inglese. »

Sans doute, l'espion savait ce qu'il voulait savoir,
car, un instant après, il avait disparu.

VII

LA CASA INGLESE.

Le lendemain, vers une heure de l'après-midi, le docteur et Pierre Bathory se préparèrent à quitter le bord.

La baleinière reçut ses passagers; mais avant de s'embarquer, le docteur recommanda au capitaine Köstrik de surveiller l'arrivée de l'*Électric* 2, attendu d'un instant à l'autre, et de l'envoyer au large des Farriglioni, autrement dit les roches de Polyphème. Si le plan réussissait, si Sarcany, ou tout au moins Zirone et Carpena étaient faits prisonniers, il fallait que ce rapide engin fût prêt à les transporter à Antékirtta, où le docteur voulait tenir en son pouvoir les traîtres de Trieste et de Rovigno.

La baleinière déborda. En quelques minutes,

elle eut atteint un des escaliers des quais de Catane.
Le docteur Antékirtt et Pierre étaient vêtus comme
il convient à des ascensionnistes, obligés d'af-
fronter une température qui peut tomberà sept ou
huit degrés au-dessous de zéro, quand, au niveau
de la mer, elle est de trente au-dessus. Un guide,
pris à la section du Clup Alpin, 17, via Lincoln, les
attendait avec des chevaux qui devaient être rem-
placés à Nicolosi par des mulets, excellentes bêtes
au pied sûr et infatigable.

La ville de Catane, dont la largeur est assez mé-
diocre, si on la compare à sa longueur, fut traversée rapidement. Rien n'indiqua au docteur qu'il
fût espionné et suivi. Pierre et lui, après avoir pris
la route de Belvédère, commencèrent à s'élever
sur les premières rampes du massif etnéen, auquel
les Siciliens donnent le nom de Mongibello, et
dont le diamètre ne mesure pas moins de vingt-
cinq milles.

La route était naturellement accidentée et si-
nueuse. Elle se détournait souvent pour éviter des
coulées de lave, des roches basaltiques, dont la
solidification remonte à des millions d'années, des
ravins à sec que le printemps transforme en torrents
impétueux, — le tout au milieu d'une région boisée,
oliviers, orangers, caroubiers, frênes, vignes aux

longs sarments qui s'accrochent à toutes les bran-
ches voisines. C'était la première des trois zones
dont sont formés les divers étages du volcan, ce
« mont de la Fournaise, » traduction du mot Etna
pour les Phéniciens, « ce clou de la terre et ce pilier
du ciel » pour les géologues d'une époque à laquelle
la science géologique n'existait pas encore.

Après deux heures, pendant une halte de quelques
minutes plus nécessaire aux montures qu'à leurs
cavaliers, le docteur et Pierre purent apercevoir
sous leur pieds toute la ville de Catane, cette superbe rivale de Palerme, qui ne compte pas moins
de quatre-vingt-cinq mille âmes. D'abord, la ligne
de ses principales rues, percées parallèlement aux
quais, les clochers et les dômes de ces cent églises, ·
ses nombreux et pittoresques couvents, ses maisons d'un style assez prétentieux du dix-septième
siècle, — le tout enserré dans la plus charmante
ceinture d'arbres verts que jamais cité ait nouée
autour de sa taille. Puis, plus en avant, c'était le
port, auquel l'Etna s'est chargé de construire des
digues naturelles, après l'avoir en partie comblé
dans cette épouvantable éruption de 1669, qui dé-
truisit quatorze villes et villages et fit dix-huit mille
victimes, en déversant sur la campagne plus d'un
milliard de mètres cubes de lave.

Du reste, si l'Etna est moins agité en ce dix-neuvième siècle, il a bien acquis quelque droit au repos. On compte, en effet, plus de trente éruptions depuis l'ère chrétienne. Que la Sicile n'y ait point succombé, cela prouve que sa charpente est solide. Il faut observer, d'ailleurs, que le volcan ne s'est pas créé un cratère permanent. Il en change à sa fantaisie. La montagne crève à l'endroit où lui pousse un de ces abcès ignivomes par lesquels s'épanche toute la matière lavique accumulée dans ses flancs. De là, cette grande quantité de petits volcans, les Monte-Rossi, double montagne, formée en trois mois sur cent trente-sept mètres de haut par les sables et scories de 1669, Frumento, Simoni, Stornello, Crisinco, semblables à des clochetons autour d'un dôme de cathédrale, sans compter ces cratères de 1809, 1811, 1819, 1838, 1852, 1865, 1879, dont les entonnoirs trouent les flancs du cône central comme des alvéoles de ruche.

Après avoir traversé le hameau de Belvédère, le guide prit un sentier plus court, afin de gagner le chemin de Tramestieri près de celui de Nicolosi. C'était toujours la première zone cultivée du massif, qui s'étend à peu près jusqu'à ce bourg, à deux mille cent vingt pieds d'altitude. Il était environ quatre heures de l'après-midi, quand Nicolosi apparut, sans que les excursionnistes eussent fait aucune mauvaise rencontre sur les quinze kilomètres qui les séparaient de Catane, ni en loups, ni en sangliers. Il y avait encore vingt kilomètres à franchir avant d'atteindre la Casa Inglese.

« Combien de temps Votre Excellence veut-elle rester ici? demanda le guide.

— Le moins possible, répondit le docteur, et de manière à arriver ce soir vers neuf heures.

— Eh bien, quarante minutes?...

— Soit, quarante minutes! »

Et ce fut assez pour expédier un repas sommaire dans une des deux auberges du bourg, qui relèvent un peu la réputation culinaire des locandes de la Sicile. Ceci soit dit à l'honneur des trois mille habitants de Nicolosi, y compris les mendiants qui y pullulent. Un morceau de chevreau, des fruits, raisins, oranges et grenades, du vin de San Placido, récolté aux environs de Catane, il y a bien des villes plus importantes de l'Italie, dans lesquelles un hôtelier serait fort gêné d'en offrir autant.

Avant cinq heures, le docteur, Pierre et le guide, montés sur leurs mulets, gravissaient le second étage du massif, la zone forestière. Ce n'est pas que les arbres y soient nombreux, car les bûcherons travaillent ici comme partout, à détruire les anti-

ques et splendides forêts, qui ne seront bientôt
plus qu'à l'état de souvenir mythologique. Cependant, çà et là, par bouquets ou par groupes, le long
des côtières de laves, sur le bord des abîmes,
poussent encore des hêtres, des chênes, des figuiers
au feuillage presque noir, puis, dans une région
un peu plus élevée, des sapins, des pins et des
bouleaux. Les cendres elles-mêmes, mélangées de
quelque humus, donnent naissance à de larges cor-
beilles de fougères, de fraxinelles, de mauves, et
se couvrent de tapis de mousses.

Vers huit heures du soir, le docteur et Pierre se
trouvaient déjà à cette hauteur de trois mille
mètres, qui forme à peu près la limite des neiges
éternelles. Sur les flancs de l'Etna, elles sont assez
abondantes pour approvisionner l'Italie et la Sicile.

C'était alors la région des laves noires, des
cendres, des scories, qui s'étend au delà d'une
immense crevasse, le vaste cirque elliptique de Valle
del Bove. Il fallut en tourner les falaises, hautes
de mille à trois mille pieds, dont les couches lais-
sent apparaître des strates de trachyte et de basalte,
sur lesquels les éléments n'ont pas encore eu prise.

En avant se dressait le cône proprement dit du
volcan, où quelques phanérogames formaient çà et
là des hémisphères de verdure. Cette gibbosité

centrale, qui est toute une montagne à elle seule,
— Pélion sur Ossa, — arrondit sa cime à une
altitude de trois mille trois cent seize mètres au-
dessus du niveau de la mer.

Déjà le sol frémissait sous le pied. Des vibrations,
provoquées par ce travail plutonique, qui fatigue
incessamment le massif etnéen, couraient sous les
plaques de neige. Quelques vapeurs sulfureuses du
panache que le vent recourbait à l'orifice du cratère,
se rabattaient parfois jusqu'à la base du cône, et
une grêle de scories, semblables à du coke incan-
descent, tombaient sur le tapis blanchâtre où elles
s'éteignaient en sifflant.

La température était très froide alors, — plusieurs degrés au-dessous de zéro, — et la difficulté
de respirer très sensible par suite de la raréfaction
de l'air. Les ascensionnistes avaient dû s'envelopper
étroitement de leur manteau de voyage. Une brise
acérée, prenant d'écharpe la montagne, s'impré-
gnait de flocons tenus, arrachés au sol, qui tour-
billonnaient dans l'espace. De cette hauteur, on
pouvait observer, au-dessous de la bouche igni-
vome, où se faisait une poussée haletante de flammes, d'autres cratères secondaires, étroites solfatares ou sombres puits, au fond desquels ronflaient
les flammes souterraines. Puis, c'était un gron-

dement continu, avec des crescendos d'ouragan, ainsi qu'eût fait une immense chaudière, dont la vapeur surchauffée eût soulevé les soupapes. Aucune éruption n'était à prévoir, cependant, et toute cette colère interne ne se traduisait que par les hennissements du cratère supérieur et l'éructation des gueules volcaniques qui trouaient le cône.

Il était alors neuf heures du soir. Le ciel resplendissait de milliers d'étoiles que la faible densité de l'atmosphère, à cette altitude, rendait plus étincelantes encore. Le croissant de la lune se noyait à l'ouest dans les eaux de la mer Eolienne. Sur une montagne, qui n'aurait pas été un volcan en activité, le calme de cette nuit eût été sublime.

« Nous devons être arrivés? demanda le docteur.

— Voilà la Casa Inglese, » répondit le guide.

Et il montrait un pan de mur percé de deux fenêtres et d'une porte, que son orientation avait protégé de la neige, à une cinquantaine de pas sur la gauche, soit à quatre cent vingt-huit mètres au-dessous de la cime du cône central. C'était la maison construite, en 1811, par les officiers anglais sur un plateau à base de lave, nommé Piano del Lago [1].

1. A cette époque allaient commencer les travaux qui doivent transformer la Casa Inglese en observatoire, par les soins du gouvernement italien et de la municipalité de Catane.

Cette maison, que l'on appelle aussi la Casa Etnea, après avoir été longtemps entretenue aux frais de M. Gemellaro, frère du savant géologue de ce nom, venait d'être récemment restaurée par les soins du Club Alpin. Non loin, grimaçaient dans les ténèbres quelques ruines d'origine romaine, auxquelles on a donné le nom de Tour des Philosophes. C'est de là, dit la légende, qu'Empédocle se serait précipité dans le cratère. En vérité, il faudrait une singulière dose de philosophie pour supporter huit jours de solitude en ce lieu, et l'on comprend l'acte du célèbre philosophe d'Agrigente.

Cependant le docteur Antékirtt, Pierre Bathory et le guide s'étaient dirigés vers la Casa Inglese. Une fois arrivés, ils frappèrent à la porte qui s'ouvrit aussitôt.

Un instant après, ils se trouvaient au milieu de leurs hommes. Cette Casa Inglese n'est composée que de trois chambres avec table, chaises, ustensiles de cuisine; mais cela suffit pour que les ascensionnistes de l'Etna puissent s'y reposer, après avoir atteint une altitude de deux mille huit cent quatre-ving-cinq mètres.

Jusqu'à ce moment, Luigi, dans la crainte que la présence de son petit détachement ne fût soupçonnée, n'avait pas voulu faire de feu, bien que le froid piquât vivement. Mais maintenant, il n'était plus nécessaire de prendre cette précaution, puisque Zirone savait que le docteur devait passer la nuit dans la Casa Inglese. On poussa donc dans l'âtre un peu de ce bois dont il se trouvait une réserve dans le bûcher. Bientôt une flamme pétillante eut donné la chaleur et la lumière qui manquaient à la fois.

Cependant le docteur, prenant Luigi à part, lui demandait si aucun incident ne s'était produit depuis son arrivée.

« Aucun, répondit Luigi. Je crains seulement que notre présence ici ne soit pas aussi secrète que nous l'eussions désiré!

— Et pourquoi?

— Parce que depuis Nicolosi, si je ne me trompe pas, nous avons été suivis par un homme, qui a disparu un peu avant que nous ayons atteint la base du cône.

— En effet, c'est regrettable, Luigi! Cela pourrait ôter à Zirone l'envie de venir me surprendre! Et depuis la chute du jour, personne n'a rôdé autour de la Casa Inglese?

— Personne, monsieur le docteur, répondit Luigi. J'ai même pris la précaution de fouiller les ruines de la tour des Philosophes : elles sont absolument vides.

— Attendons, Luigi ; mais qu'un homme se tienne toujours de garde devant la porte ! On peut voir au loin, puisque la nuit est claire, et il importe que nous ne soyons pas surpris ! »

Les ordres du docteur furent exécutés, et quand il eut pris place sur un escabeau devant l'âtre, ses hommes se couchèrent sur des bottes de paille autour de lui.

Cependant, Cap Matifou s'était approché du docteur. Il le regardait, sans oser lui parler. Mais il était facile de comprendre ce qui l'inquiétait.

« Tu veux savoir ce qu'est devenu Pointe Pescade ? répondit le docteur. Patience !... Il reviendra sous peu, bien qu'il joue en ce moment un jeu à se faire pendre....

— A notre cou ! » ajouta Pierre, qui voulut rassurer Cap Matifou sur le sort de son petit compagnon.

Une heure s'écoula, sans que rien n'eût troublé cette profonde solitude autour du cône central. Aucune ombre n'avait apparu sur le talus blanc, en avant du Piano del Lago. De là, une impatience et même une inquiétude que le docteur et Pierre ne pouvaient maîtriser. Si, par malheur, Zirone avait été prévenu de la présence du petit détachement, jamais il ne se hasarderait à attaquer la Casa

Inglese. C'eût été un coup manqué. Et pourtant, il fallait s'emparer de ce complice de Sarcany, à défaut de Sarcany lui-même, et lui arracher ses secrets!

Un peu avant dix heures, la détonation d'une arme à feu se fit entendre à un demi-mille au-dessous de la Casa Inglese.

Tous sortirent, regardèrent, ne virent rien de suspect.

« C'est bien un coup de fusil! dit Pierre.

— Peut-être quelque chasseur d'aigle ou de sanglier, à l'affût dans la montagne! répondit Luigi.

— Rentrons, ajouta le docteur, et ne risquons pas d'être vus! »

Ils rentrèrent.

Mais, dix minutes après, le marin, qui veillait au dehors, les rejoignait précipitamment:

« Alerte! cria-t-il. J'ai cru apercevoir....

— Plusieurs hommes?... demanda Pierre.

— Non, un seul! »

Le docteur, Pierre, Luigi, Cap Matifou, se jetèrent vers la porte, en ayant soin de rester dans l'ombre.

En effet, un homme, courant comme un chamois, gravissait la coulée de vieilles laves qui aboutit au plateau. Il était seul, et en quelques bonds, il tomba dans des bras qui lui étaient ouverts, — les bras de Cap Matifou.

C'était Pointe Pescade.

« Vite!... vite!... à l'abri, monsieur le docteur! » s'écria-t-il.

En un instant, tous furent rentrés dans la Casa Inglese, dont la porte se referma aussitôt.

« Et Zirone? demanda le docteur. Qu'est-il devenu?... Tu a donc pu le quitter?

— Oui!... pour vous avertir!...

— Ne vient-il pas?...

— Dans vingt minutes, il sera ici!

— Tant mieux!

— Non! tant pis!... Je ne sais comment il a été prévenu que vous vous étiez fait précéder d'une douzaine d'hommes!...

— Sans doute par ce montagnard qui nous a épiés! dit Luigi.

— Enfin il le sait, répondit Pointe Pescade, et il a compris que vous lui tendiez un piège!

— Qu'il vienne donc! s'écria Pierre.

— Il vient, monsieur Pierre! Mais, à cette douzaine de recrues, qui lui ont été ramenées de Malte, s'est joint le reste de sa bande, revenue ce matin même à Santa Grotta!

— En tout, combien y a-t-il de ces bandits! demanda le docteur.

— Une cinquantaine! » répondit Pointe Pescade.

La situation du docteur et de sa petite troupe, composée seulement de onze marins, de Luigi, de Pierre, de Cap Matifou et de Pointe Pescade, — seize contre cinquante, — cette situation était très menacée. En tout cas, s'il y avait un parti à prendre, il fallait le prendre vite, car une attaque était imminente.

Mais auparavant, le docteur voulut savoir de Pointe Pescade tout ce qui était arrivé, et voici ce qu'il apprit :

Le matin même, Zirone était revenu de Catane, où il avait passé la soirée, et c'était bien lui que le docteur avait vu rôder dans les jardins de la villa Bellini. Lorsqu'il fut de retour à la locande de Santa Grotta, il y trouva un montagnard qui lui donna ce renseignement : une douzaine d'hommes venant de directions diverses, occupaient la Casa Inglese.

Il n'en fallut pas davantage pour que Zirone comprît la situation. Ce n'était plus lui qui attirait le docteur Antékirtt dans un piège, c'était ce docteur, dont on lui recommandait de se défier, qui l'y attirait. Pointe Pescade, cependant, insista pour que Zirone se portât sur la Casa Inglese, lui affirmant que ses Maltais auraient facilement raison de la petite troupe du docteur. Mais Zirone n'en resta

pas moins indécis sur ce qu'il devait faire. Et
même, l'insistance de Pointe Pescade commença
à paraître assez singulière pour que Zirone donnât
l'ordre de le surveiller, — ce dont Pescade s'aperçut
facilement. Bref, il est probable que Zirone aurait
renoncé à s'emparer du docteur avec ces chances
incertaines, si sa bande ne fût venue le rejoindre
vers trois heures de l'après-midi. Alors, ayant une
cinquantaine d'hommes à ses ordres, il n'avait plus
hésité, et toute la troupe, quittant la locande de
Santa-Grotta, s'était dirigée vers la Casa Inglese.

Pointe Pescade comprit que le docteur et les
siens étaient perdus, s'il ne les prévenait à temps,
afin de leur permettre de s'échapper, ou, tout au
moins, de se tenir sur leurs gardes. Il attendit donc
que la bande de Zirone fût arrivée en vue de la Casa
Inglese, dont il ne connaissait pas la position. La
lumière, qui éclairait ses fenêtres, lui permit de
l'apercevoir vers les neuf heures, à moins de deux
milles sur les pentes du cône. Aussitôt Pointe
Pescade de bondir dans cette direction. Un coup
de fusil qui lui fût tiré par Zirone, — celui qu'on
avait entendu de la Casa inglese, — ne l'atteignit
pas. Avec son agilité de clown, il fût bientôt hors de
portée, et voilà comment il était arrivé, ne précédant
que de vingt minutes au plus la troupe de Zirone.

Ce récit achevé, un serrement de main du docteur remercia le hardi et intelligent garçon de tout ce qu'il venait de faire, puis, on discuta le parti qu'il convenait de prendre.

Abandonner la Casa inglese, opérer une retraite au milieu de la nuit sur les flancs de ce massif, dont Zirone et ses gens connaissaient tous les sentiers, tous les refuges, c'était s'exposer à une destruction complète. Attendre le jour dans cette maison, s'y retrancher, s'y défendre comme dans un blockhaus, cela valait mieux cent fois. Le jour venu, s'il y avait lieu de partir, au moins le ferait-on en pleine lumière, et on ne s'aventurerait pas en aveugles sur ces pentes, à travers les précipices et les solfatares. Donc, rester et résister, telle fut la décision prise. Les préparatifs de défense commencèrent aussitôt.

Et d'abord, les deux fenêtres de la Casa Inglese durent être closes et leurs volets solidement assujettis au dedans. Pour servir d'embrasures, on devait utiliser les vides que les chevrons du toit laissaient entre eux à leur point d'appui sur le mur de la façade. Chaque homme, pourvu d'un fusil à tir rapide, avait une vingtaine de cartouches. Le docteur, Pierre et Luigi, avec leurs revolvers, pouvaient leur venir en aide. Cap Matifou n'avait que ses bras.

Pointe Pescade n'avait que ses mains. Peut-être n'étaient-ils pas les moins bien armés!

Près de quarante minutes s'écoulèrent, sans qu'aucune tentative d'attaque eût été faite. Zirone, sachant que le docteur Antékirtt, prévenu par Pointe Pescade, ne pouvait plus être surpris, avait-il donc renoncé à ses projets d'attaque? Pourtant, cinquante hommes sous ses ordres, avec l'avantage que devait lui donner la connaissance des lieux, cela mettait bien des chances de son côté.

Soudain, vers onze heures, le marin de garde rentra précipitamment. Une bande d'hommes s'approchait, en s'éparpillant, de manière à cerner la Casa Inglese sur trois côtés, — le quatrième, adossé au talus, n'offrant aucune retraite possible.

Cette manœuvre reconnue, la porte fut refermée, barricadée, et chacun prit son poste aux vides des chevrons, avec la recommandation de ne tirer qu'à coup sûr.

Cependant Zirone et les siens s'avançaient lentement, non sans prudence, se défilant derrière les roches, afin d'atteindre la crête du Piano del Lago. A cette crête étaient accumulés d'énormes quartiers de trachytes et de basaltes, destinés sans doute à préserver la Casa Inglese de l'envahissement des neiges pendant les tourmentes de l'hiver. Parvenus à ce plateau, les assaillants pourraient plus facilement s'élancer contre la maison, en enfoncer la porte ou les fenêtres, puis, le nombre aidant, s'emparer du docteur et de tous les siens.

Tout à coup, une détonation retentit. Une légère fumée fusa entre les chevrons de la toiture. Un homme tomba, mortellement frappé. La troupe fit aussitôt quelques pas en arrière et se blottit derrière les roches. Mais, peu à peu, en profitant des plis de terrain, Zirone la ramena au pied même du Piano del Lago.

Cela ne se fit pas sans qu'une douzaine de coups de feu n'eussent illuminé le faîtage de la Casa Inglese, — ce qui coucha encore deux des assaillants sur la neige.

Le cri d'assaut fut alors jeté par Zirone. Au prix de quelques nouveaux blessés, toute la bande se rua sur la Casa Inglese. La porte fut criblée de coups de feu, et deux matelots, atteints à l'intérieur, mais non grièvement, durent se tenir à l'écart.

La lutte devint très vive alors. Avec leurs piques et leurs haches, les assaillants parvinrent à briser la porte et l'une des fenêtres. Il fallut faire une sortie pour les repousser, au milieu d'une fusillade incessante de part et d'autre. Luigi eut son chapeau traversé d'une balle, et Pierre, sans l'intervention de Cap Matifou, aurait été assommé d'un coup de pique par un de ces bandits. Mais l'Hercule était là, et, du pic même qu'il lui avait arraché des mains, il assomma l'homme d'un seul coup.

Pendant cette sortie, Cap Matifou fut terrible. Vingt fois visé, aucune balle ne l'atteignit. Si Zirone l'emportait, Pointe Pescade était condamné d'avance, et cette pensée redoublait sa fureur.

Devant une telle résistance, les assaillants durent reculer une seconde fois. Le docteur et les siens purent donc rentrer dans la Casa Inglese et se rendre compte de la situation.

« Que reste-t-il de munitions? demanda-t-il.

— Dix à douze cartouches par homme, répondit Luigi.

— Et quelle heure est-il?

— Minuit à peine! »

Quatre heures encore avant que le jour ne parût. Il devenait nécessaire de ménager les munitions, afin de protéger la retraite aux premières lueurs du matin.

Mais alors comment défendre les approches, puis empêcher l'envahissement de la Casa Inglese, si Zirone et sa bande lui redonnaient assaut?

Et c'est ce qu'ils firent précisément. après un

quart d'heure de répit, pendant lequel ils avaient
ramené leurs blessés en arrière, à l'abri d'une
coulée de lave disposée comme une sorte de retran-
chement.

Alors ces bandits, enragés devant une telle résistance, ivres de fureur à la vue de cinq ou six des
leurs mis hors de combat, gravirent la coulée, puis
l'intervalle qui la séparait du rempart de basalte,
et ils reparurent à la crête du plateau.

Pas un coup de fusil ne leur fut tiré, pendant
qu'ils franchissaient cet intervalle. Zirone en con-
cluait donc, non sans raison, que les munitions
commençaient à manquer aux assiégés.

Alors il enleva sa bande. L'idée de s'emparer
d'un personnage cent fois millionnaire, était bien
faite, on en conviendra, pour exciter ces malfaiteurs de la pire espèce.

Tel fut même leur emportement, cette fois,
qu'ils forcèrent la porte et la fenêtre, et ils eussent
pris la maison d'assaut, si une nouvelle décharge à
bout portant n'en eût tué cinq ou six. Ils durent
encore reculer au pied du plateau, non sans que
deux des marins n'eussent été blessés assez grièvement pour abandonner le combat.

Quatre ou cinq coups à tirer, c'était tout ce qui
restait alors aux défenseurs de la Casa Inglese. Dans

25.

ces conditions, la retraite, même en plein jour, devenait presque impossible. Ils sentaient donc qu'ils étaient perdus, si un secours ne leur arrivait pas. Mais d'où ce secours aurait-t-il pu venir?

Malheureusement, on ne pouvait compter que Zirone et ses compagnons renonceraient à leur entreprise. Ils étaient près de quarante encore, valides et bien armés. Ils savaient qu'on ne pourrait bientôt plus riposter à leurs coups de feu, et ils revinrent à la charge.

Soudain, d'énormes blocs, roulant sur les talus du plateau, comme les rochers d'une avalanche, écrasèrent trois d'entre eux, avant qu'ils eussent pu se jeter de côté.

C'était Cap Matifou qui venait de culbuter des roches de basalte pour les précipiter de la crête du Piano del Lago.

Mais ce moyen de défense ne pouvait suffire. D'ailleurs, il ne tarderait pas à manquer. Il fallait donc succomber ou tout faire pour chercher du secours au dehors.

Pointe Pescade eut alors une idée, dont il ne voulut point parler au docteur, qui ne lui eût peut-être pas donné son consentement. Mais cette idée, il la communiqua à Cap Matifou.

Il savait, par le propos qu'il avait recueilli à la

locande de Santa-Grotta, qu'un détachement de gendarmes se trouvait à Cassone. Or, pour se rendre à Cassone, il ne fallait qu'une heure et autant pour en revenir. Ne serait-il donc pas possible d'aller prévenir ce détachement? Oui, mais à la condition de passer à travers la bande des assiégeants, afin de se jeter ensuite dans l'ouest du massif.

« Donc, il faut que je passe, et je passerai! se dit Pointe Pescade. Eh! que diable! On est clown ou on ne l'est pas! »

Et il fit connaitre à Cap Matifou le moyen qu'il voulait employer pour aller chercher du secours.

« Mais... fit Cap Matifou, tu risques...

— Je le veux! »

Résister à Pointe Pescade, Cap Matifou n'eût jamais osé.

Tous deux gagnèrent alors, sur la droite de la Casa Inglese, un endroit où la neige était accumulée en grande masse.

Dix minutes après, pendant que la lutte continuait de part et d'autre, Cap Matifou reparut, poussant devant lui une grosse boule de neige. Puis, au milieu des blocs que les marins continuaient à précipiter sur les assaillants, il lança cette boule, qui roula sur le talus, passa à travers la bande de

Zirone, et s'arrêta, cinquante pas en arrière, au fond d'une petite dépression de terrain.

Alors, à demi-brisée par le choc, la boule s'ouvrit et donna passage à un être vif, alerte, « quelque peu malin » comme il le disait de lui-même.

C'était Pointe Pescade. Enfermé dans cette carapace de neige durcie, il avait osé se faire lancer sur les pentes du talus, au risque d'être précipité au fond de quelque abîme. Et, libre maintenant, il dévalait les sentiers du massif en gagnant du côté de Cassone.

Il était alors minuit et demi.

A ce moment, le docteur, ne voyant plus Pointe Pescade, craignit qu'il ne fût blessé. Il l'appela.

« Parti ! dit Cap Matifou.

— Parti ?

— Oui !... pour aller chercher du secours !

— Et comment ?

— En boule ! »

Cap Matifou raconta ce que Pointe Pescade venait de faire.

« Ah ! le brave garçon !... s'écria le docteur. Du courage, mes amis, du courage !... Ils ne nous auront pas, ces bandits ! »

Et les quartiers de roches continuèrent à rouler sur les assaillants. Mais ce nouveau moyen de défense ne tarda pas à s'épuiser comme les autres.

Vers trois heures du matin, le docteur, Pierre, Luigi, Cap Matifou, suivis de leurs hommes, et emportant leurs blessés, durent évacuer la maison qui tomba au pouvoir de Zirone. Vingt de ses compagnons avaient été tués, et, pourtant, le nombre était encore pour lui. Aussi la petite troupe ne put-elle battre en retraite qu'en remontant les pentes du cône central, cet entassement de laves, de scories, de cendres, dont le sommet était un cratère, c'est-à-dire un abîme de feu.

Tous se réfugièrent sur ces pentes, cependant, emportant leurs blessés. Des trois cents mètres que mesure le cône, ils en franchirent deux cent cinquante, au milieu de ces vapeurs sulfureuses que le vent rabattait sur eux.

Le jour commençait alors à poindre, et déjà la crête des montagnes de Calabre se piquait de teintes lumineuses au-dessus de la côte orientale du détroit de Messine.

Mais, dans la situation où se trouvaient le docteur et les siens, le jour n'était plus même une chance de salut pour eux. Il leur fallait toujours battre en retraite, remonter les talus, usant leurs dernières balles et jusqu'aux derniers quartiers de roches que Cap Matifou précipitait avec une vigueur surhumaine. Ils devaient donc se croire perdus, quand des coups de fusils éclatèrent à la base du cône.

Un moment d'indécision se manifesta dans la troupe des bandits. Bientôt après, les voilà tous qui se mettent à fuir, en dévalant les pentes du massif.

Ils avaient reconnu les gendarmes qui arrivaient de Cassone, Pointe Pescade à leur tête.

Le courageux garçon n'avait pas même eu besoin d'aller jusqu'à ce village. Les gendarmes, ayant entendu des coups de feu, étaient déjà en route. Pointe Pescade n'avait eu qu'à les conduire vers la Casa Inglese.

Alors le docteur et ses compagnons reprirent l'avantage. Cap Matifou, comme s'il eût été une avalanche à lui tout seul, bondit sur les plus proches, en assomma deux qui n'eurent pas le temps de s'enfuir, et se précipita sur Zirone.

« Bravo, mon Cap, bravo! cria Pointe Pescade en arrivant. Tombe-le!... Fais-lui toucher les épaules!... La lutte, messieurs, la lutte entre Zirone et Cap Matifou! »

Zirone l'entendit, et, d'une main qui lui restait libre encore, il fit feu de son révolver sur Pointe Pescade.

Pointe Pescade roula sur le sol.

Alors il se passa une chose effrayante. Cap Matifou avait saisi Zirone, et il le traînait par le cou, sans que le misérable, à moitié étranglé, pût résister à cette étreinte.

En vain le docteur, qui voulait l'avoir vivant, lui criait-il de l'épargner! En vain Pierre et Luigi s'étaient-ils lancés pour le rejoindre! Cap Matifou ne pensait qu'à ceci : c'est que Zirone avait frappé, peut-être mortellement, Pointe Pescade! Et il ne se possédait plus, il n'entendait rien, il ne voyait rien, il ne regardait pas même ce reste d'homme qu'il portait maintenant à bout de bras.

Enfin, d'un dernier bond, il s'élança vers le cratère béant d'une solfatare, et il précipita Zirone dans ce puits de feu.

Pointe Pescade, assez grièvement blessé était, appuyé sur le genou du docteur qui examinait et pansait sa blessure. Lorsque Cap Matifou fut revenu près de lui, de grosses larmes coulèrent de ses yeux.

« A pas peur, mon Cap, a pas peur!... Ce ne sera rien! » murmura Pointe Pescade.

Cap Matifou le prit dans ses bras, comme un enfant, et tous le suivirent en redescendant les talus du cône, pendant que les gendarmes don-

naient la chasse aux derniers fugitifs de la bande
de Zirone.

Six heures après, le docteur et les siens, de retour
à Catane, étaient embarqués à bord du *Ferrato*.

Pointe Pescade fut déposé dans sa cabine. Avec
le docteur Antékirtt pour médecin, Cap Matifou
pour garde-malade, comment n'eût-il pas été bien
soigné! D'ailleurs, sa blessure, — une balle au
défaut de l'épaule, — ne présentait pas de caractère
grave. Sa guérison ne devait être qu'une question
de temps. Lorsqu'il avait besoin de dormir, Cap
Matifou lui contait des histoires, — toujours la
même, — et Pointe Pescade ne tardait pas à reposer
dans un bon sommeil.

Cependant le docteur avait échoué dès le début
de sa campagne. Après avoir failli tomber entre les
mains de Zirone, il n'avait pas même pu s'emparer
de ce compagnon de Sarcany qu'il eût bien obligé
à lui livrer ses secrets, — et cela par la faute de
Cap Matifou. Mais pouvait-on lui en vouloir?

En outre, bien que le docteur eût tenu à rester à
Catane pendant huit jours encore, il n'y pût recueillir aucune nouvelle de Sarcany. Si celui-ci
avait eu l'intention de rejoindre Zirone en Sicile,
ses projets s'étaient modifiés, sans doute, lorsqu'il
avait appris, avec l'issue du guet-apens préparé

contre le docteur Antékirtt, la mort de son ancien compagnon.

Le *Ferrato* reprit donc la mer, le 8 septembre, et se dirigea à toute vapeur vers Antékirtta, où il arriva, après une rapide traversée.

Là, le docteur, Pierre, Luigi, allaient reprendre et discuter les projets dans lesquels se concentrait leur vie toute entière. Il s'agissait maintenant de retrouver Carpena, qui devait savoir ce qu'étaient devenus Sarcany et Silas Toronthal.

Malheureusement pour l'Espagnol, s'il avait échappé à la destruction de la bande de Zirone, en restant à la locande de Santa-Grotta, sa bonne chance ne fut que de courte durée.

En effet, dix jours après, un des agents du docteur lui mandait que Carpena venait d'être arrêté à Syracuse, — non comme complice de Zirone, mais pour un crime remontant à plus de quinze ans déjà, — un meurtre, commis à Almayate, dans la province de Malaga, après lequel il s'était expatrié pour s'établir à Rovigno.

Trois semaines plus tard, Carpena, contre lequel on avait obtenu l'extradition, était condamné aux galères perpétuelles et envoyé sur la côte du Maroc, au préside de Ceuta, l'un des principaux établissements pénitentiaires de l'Espagne.

26

« Enfin, dit Pierre, voilà donc un de ces misérables au bagne, et pour la vie!

— Pour la vie?... Non!... répondit le docteur. Si Andréa Ferrato est mort au bagne, ce n'est pas au bagne que Carpena doit mourir! »

FIN DE LA TROISIÈME PARTIE.

TABLE DES MATIÈRES

FIN DE LA TABLE DU DEUXIÈME VOLUME

www.ingramcontent.com/pod-product-compliance
Lightning Source LLC
Chambersburg PA
CBHW072205030726
47501CB00015B/903